五十嵐律人

真夜中法律事務所

講談社

目次

第一章　死者の心得

1

視《み》てはいけないものを視たのは、午前二時過ぎの夜道だった。

夜も更けた丑三《うしみ》つ時《どき》——。僕は睡魔と闘いながら帰路についていた。

電柱の近くに若い男性が立っていることには、十メートル以上手前から気がついていた。タクシーくらいしか通り過ぎない時間帯。彼の外見は、遠目でも目を引いた。

小柄《こがら》な体格。明るい茶髪のショートカット。白いスニーカー。

そして、無地のタンクトップとハーフパンツ。

秋が終わりに近づき、肌寒い季節になってきた。どんなに暑がりでも、長袖《ながそで》長ズボンは最低限着ているだろう。

通り過ぎるべきだと思いつつ、何をしているのかと、僕は話しかけた。

男性は、困ったような表情を浮かべてから、口を小さく開いた。しかし、耳を澄ましても声は聞こえず、気まずい沈黙が流れた。

そこで、別の男性の声が背後から聞こえた。

「もしかして、彼が視えてます？」

「えっ？」

突然現れた長身の男性は、モスグリーンのシャツとパンツを着ていた。ツナギの作業服にも見える。親しげに笑みを浮かべているが、どこかで会った記憶はない。

「こんばんは。やっぱり、視えてるんですね」

「……あなたは？」

声を掛けてきた男性は二十代後半、季節外れの服装の不審人物は二十歳くらいだろうか。未成年の可能性も充分ある。警察への通報も検討しなければならない。

「僕は案内人です」

「案内人？」

「怪しい者ではありません。架橋昴《かけはしすばる》。橋を架けるのが、僕の仕事です。成宮《なりみや》くんに会ってもらいたい人がいて、捜していたんです」

成宮と呼ばれた男性は、眉根《まゆね》を寄せた。タンクトップ姿なのに、寒そうな素振りは見せず、鳥肌も立っていない。その服装に気を取られていたが、色白で端整な顔立ちをしていることに今さらながら気付いた。目の大きさなんて、僕の倍近くあるのではないか。

「身分を証明できるものは持ってる？」

厄介事に巻き込まれるのは避けたかったが、不穏な気配を感じて訊《き》いてしまった。

「刑事さんですか？」

「検察官だよ。捜査権限はある」

「ああ、そういうことか。じゃあ、これは職務質問ですかね」

「身分証明書を見せてくれたら解放する」

真夜中に出会った――、自称案内人。彼は何者なのか。

「検事さんは、いつから視えてるんですか？」

「ごまかそうとしてもダメ」

そう答えつつ、〝視える〟という表現に心当たりがあった。

ここ最近の悩みの種を言い当てられた気がして、居心地の悪さを感じる。

「この時間だけ視えるタイプとか？　いや、そんなわけないよな……」

ぶつぶつと独《ひと》り言《ごと》を口にしてから、架橋昂は首を傾《かし》げた。

「身分を明かせない事情でもあるの？」

「では、検事さん。彼の顔に見覚えは？」

改めて小柄な男性の全身を眺《なが》めた。背は低くどちらかと言えば痩《や》せ型だが、むき出しの腕はたくましく胸板も厚い。

中性的な顔立ち、トレーニング中のような服装、成宮という苗字《みょうじ》。

「――成宮拓真《たくま》？」

「正解です」

「…………」

寒空の下でも身震い一つせず、前髪の一本も乱れない。

気温や風から隔絶《かくぜつ》されているように。

なぜ、その名前が思い浮かんだのだろう。

視えてはいけないはずだ。

三日前に、彼は死亡しているのだから。

2

成宮拓真。二十一歳。職業——、アイドル。

ファンクラブ会員十万人超えの人気グループのメンバーとして、ドラマからバラエティ番組まで幅広く活躍していた。端整な容姿と抜群の運動神経、高い演技力も兼ね備えており、マルチタレントとして将来を期待されていた。

そんな人気絶頂期のアイドルの死は、速報が発表された直後からSNSでトレンド入りをして、おそらく今日も全《すべ》てのテレビ局が続報を流したはずだ。

速報の段階では自殺説が囁《ささや》かれ、過去のインタビューでの発言なども拡散された。だが、自殺の可能性は低いことがやがて明らかになった。

成宮の遺体は、都心から車で一時間ほど離れた、高層マンションの一室で発見された。ウェイトトレーニング中の不慮の事故によって死亡したというのが、現時点での捜査機関の見立てである。

現場のマンションは、成宮の自宅ではなく、高級パーソナルジムとして利用されていた。特定のフロアがトレーニンググルームに割り振られていたようだ。

通路や室内に防犯カメラは設置されていないが、会員証でロックを解除しないとフロアに入ることができないので、セキュリティの高さは担保されていた。

パーソナルジムのトレーニングルームで何が起きたのか？

現場の状況、司法解剖の結果、関係者の供述から、悲劇の概要は浮かび上がっている。

ベンチに横たわってバーベルを胸の上で上下に動かす――。ベンチプレスを行っている最中に、バーベルを持ち上げきれずシャフトが首に落下。気管が圧迫されて呼吸ができなくなり、そのまま窒息死するに至った。

ベンチプレス中の死亡事故は、少なくない件数が報告されている。シャフトの落下を防ぐためのセーフティーバーも存在するが、スペースの都合や負荷をかけることを理由に設置を怠るケースも多いらしい。

遺体のすぐ近くに、プレートが取り付けられたシャフトが落下していた。重量は八十キログラム。遺体の首にも、シャフトの痕《あと》がくっきりと残っていた。

トレーニング中の事故死であれば、事件性は認められない可能性が高い。しかし、警察は現時点での見解を明らかにしていない。社会的な影響力に鑑《かんが》みて慎重に捜査を進めている側面もあるが、まだ不可解な点が残っているのだ。

司法解剖の結果、首に落下したシャフトが取り除かれるまでには、少なくとも三分以上の時間を要したことが判明している。意識を失うまでに呼吸を再開できれば大事には至らなかっただろうし、速やかに救命処置が行われていれば一命を取り留めたかもしれない。

だが、成宮は呼吸が止まるまでベンチの上でもがき苦しんだ。

三分以上もの間、トレーナーは現場で何をしていたのか。突然の出来事に驚いて、身体《からだ》が動かなかった。そのような供述をしているらしいが、警察や検察は鵜《う》呑《の》みにしないだろう。

事故への対処も、トレーナーの役割のはずだ。

故意に手を差し伸べなかったのだとしたら……。

業務上過失致死での立件も見越して、事情聴取や実況見分が実施されている。

僕が捜査情報を把握しているのは、所属している折笠《おりかさ》地検の管轄内で起きた事件だからである。担当しているのは他《ほか》の検事だが、大々的に報道されたこともあって、さまざまな情報が耳に飛び込んでくる。

普段からテレビをよく見ている検察官なら、道端《みちばた》ですれ違っただけで成宮拓真だと気付いたかもしれない。

いや……、違うだろう。僕だから、取り乱さなかった。

兄弟や他人の空似の可能性を疑わず、あっさりと受け入れた。

現世に留《とど》まる死者がいる。その事実を、僕は実体験として認識していた。

＊

僕が初めて死者を視たのは、一ヵ月ほど前のことだった。

少女は、亡骸《なきがら》が沈められた場所のすぐ近くに立っていた。何を話し掛けても反応がなく、触れることもできなかった。

死亡事件を担当するとき、僕は少なくとも二回、事件現場に足を運んで両手を合わせる。

一度目は捜査段階での現場検証。二度目は有罪判決を聞き終えた後の結果報告である。

花を手向《たむ》けて、判決主文を告げる。

そうすることで、事件に区切りをつけてきた。

交通事故にせよ殺人事件にせよ、被害者はある日突然、その命を理不尽に奪われる。どうすれば、死者を弔《とむら》えるのか？　犯人に正しい罰が科されるよう事件と向き合う。それくらいしか、検察官の僕にできることは思い浮かばなかった。

あの日も、判決宣告に立ち会い、裁判官が読み上げた主文を手帳に書き込んだ。そのまま有休を取得して、白い百合《ゆり》の花束《はなたば》を見繕《みつくろ》い、タクシーで事件現場に向かった。

女子高生監禁致死事件――。被害者は、事件当時十七歳の高校二年生。折笠市内の貯水池に遺体が遺棄されていた。

裁判官が宣告したのは、懲役八年の実刑判決。被告人側が控訴することもなく、有罪判決が確定して刑務所に収容された。

有罪判決によって、被害者が生き返るわけでも、遺族の心の傷が癒《い》えるわけでもない。犯人がしかるべき罰を受ける。ただ、それだけのことだ。

役割はまっとうした。そう自分に言い聞かせて、花束を両手で抱《かか》えてタクシーを降りた。誰かを見習って始めたことではない。むしろ、他の検察官に知られたら、入れ込みすぎだと心配されるかもしれない。

駐車場から歩いて五分ほどの場所にある貯水池は、かなり老朽化していて人工池としての役割はもはや果たせていない。土砂が堆積《たいせき》して池の一部が埋まっており、鼻を覆《おお》いたくなるような悪臭が周囲に立ち込めていた。

紅葉したけやきの木と、枯れた花束が目印になっていた。事件後に手向けられた花束が、片付けられることなく放置されていたのだろう。

ほとりに佇《たたず》む少女を見つけたとき、被害者の友達だろうかと僕は思った。年齢も同じくらいに見えたし、ふらりと立ち寄るような場所ではなかったからだ。

しかし、少女の様子がおかしかった。着ていたのは長袖のブラウス。そういえば、あのときも寒くないのかなと心配になった。

声を掛けようとしたが、間近で顔を見て、僕は花束を地面に落としてしまった。

生前の写真は目に焼き付けていた。だから見間違えるはずがなかった。

理不尽に命を奪われた被害者。

その日から僕は、死者が視えるようになったのである。

3

案内人を自称した架橋昴は、成宮拓真を捜していたのだと言った。

「彼は……、死者だよね」

「はい。地面に足がついていますが、死者です」

そう架橋は断言した。僕と同じように死者が視える人間に出会ったことは、これまで一度もなかった。

「どうして、彼は動けるんだ?」

貯水池で僕が視た少女は、無表情で事件現場に立ち尽くしていた。成宮は、僕たちのやり取りに反応し、手足も動かすことができている。

「ああ。成宮くんが特別なわけではなく、今が真夜中だからです」

架橋は、嬉《うれ》しそうに笑みを浮かべて答えた。

「この時間帯だけ動き回れるってこと？」

「理解が早い。丑三つ時の午前二時から、日の出まで。この季節だと、だいたい六時半頃が日の出なので……、四時間半くらいですね。その間、死者は縛りから解放されます」

終電を逃してしまい、バーで飲み直してから帰路についたのが、午前一時半。タクシーが見当たらず、三十分以上歩いたところで架橋に声を掛けられた。

「縛りっていうのは？」

「真夜中になるまでは、死亡した場所から一歩も動けないんです」

「知っていることを教えてくれないか」

「僕、説明するのが苦手なんです。それに、道草をしていると朱莉《あかり》さんに怒られるし。あっ、そうだ。せっかくだし、一緒に行きましょうよ」

「……どこに？」

「真夜中にだけ開かれる法律事務所に」

まったく話が見えてこない。成宮は、不安げな表情で僕たちの顔を交互に見た。

「そこに行けば、何が起きているか説明してくれるんだね」

「朱莉さん次第ですけど」

「その人は、何者？」

「多分、この世で一番死者に詳しい弁護士です」

「わかった」

「検事さんのお名前は？」

「印藤累《いんどうるい》」

「忍者の末裔《まつえい》っぽくて、良《い》い名前ですね」

じゃあ行きましょうか。そう言って、架橋はゆっくり歩き出した。怪しげな男であることは間違いないが、不思議と悪意は感じ取れない。検察官の勘なんてものは頼りにならないので、気を抜くつもりはないけれど。

真夜中にだけ開かれる法律事務所。そんな都市伝説めいた話は聞いたこともない。

折笠地検に異動したのは、今年の四月。業務中は官用車での移動が多く、若干の土地勘しかない。だから断言はできないが、おそらく刑務所がすぐ近くにあるはずだ。

刑務所が建てられた後に再開発が行われたらしく、今は閑静な住宅街となっている。すぐ近くで囚人が生活しているわけだが、脱獄事件がほとんど起きない日本では刑務所の存在によって地価が下落したりはしない。

道中、架橋は成宮に一方的に話しかけていたが、その内容は聞き取れなかった。

「ここです。お待たせしました」

立ち止まった架橋が、人差し指を伸ばして言った。

道路に面した部分の半分がガラス張りになっている二階建ての建物。室内の淡い光がガラス越しに確認できる。もう半分はコンクリートの打ち放しなので、開放的なのか、無骨な設計なのか、どこかちぐはぐな印象を受けた。

インターフォンの近くにランタン型のランプが取り付けられていて、『深夜《しんや》法律事務所』と印字されたアルミプレートを照らしている。

「深夜朱莉だから、深夜法律事務所。安直ですよね」

僕の視線に気付いたように、架橋が言った。代表弁護士の苗字を事務所名に付すことは、それほど珍しくない。一方で、先ほどの会話を思い出して、別の意味があるのではないかと勘繰ってしまった。

「真夜中にしか開いてないから、深夜なのかと思ったよ」

「よく言われます」

この事務所を訪ねてくる者は、何を求めて扉を開くのか。

「本当に営業してるの？」

「はい。その扉を開いてみてください。あの世とこの世を結ぶ扉です」

「本気で言ってる？」

「まあ、騙《だま》されたと思って」

コンクリートの外壁に、ガラス製のドアが取り付けられている。言われるがままに扉に手をかけると、鍵《かぎ》は掛かっていなかった。

モノトーン調のエントランス。サボテンや多肉植物、コーヒー豆が入ったキャニスターが、アイアンラックに並べられている。壁は黒く塗装されているが、小物がセンス良く配置されているので圧迫感は感じない。

エントランスの先に広がっていたのは、静寂が溶け込んでいるような空間だった。木製のテーブルが二つ、ガラス製のテーブルが一つ設置されていて、ヴィンテージ風の椅子《いす》やペンダントランプが古びた雰囲気を醸《かも》し出《だ》している。

一番奥のガラス製のテーブル席に案内された。向かい合うように二つの椅子が置かれていて、どうぞ座ってくださいと、架橋は僕たちに言った。

成宮が椅子に腰かけたのを見て、死者も座れるのかと少し不思議に思った。

『あー、あー。ほんとだ。喋《しゃべ》れる……』

そう独り言を口にしたのは成宮だった。久しぶりに喉《のど》を解放したようで、声が少し掠《かす》れていた。ここまで、彼は一言も言葉を発していなかった。

「この事務所にいる間だけ喋れるってこと？」と、僕は架橋に訊いた。

「その椅子に座ることが条件です。生者が座っても害はないので安心してください」

丸みのあるハイバックのチェアで座り心地もいいが、特別な加工が施されているようには見えない。成宮も怪訝《けげん》な表情で立ったり座ったりを繰り返している。

「拓真くんが死んだのは、三日前だよね」架橋が確認した。

『そう……、だと思います』

死という単語に、成宮がぴくりと反応したように見えた。

「二日間も放置してごめんね。一応、そういうルールにしているんだ」

『どういう意味ですか？』

「死後の決まり事について、いきなり口でばーって言われても、すぐには受け入れられないでしょ。まずは、最低丸二日、手探りで生活して状況を把握してもらう。それから説明した方が、スムーズに事が運ぶ」

『俺……、やっぱり死んでるんですね』

「うん。残念だけど」

『わかってはいたけど、キツいなあ』

平静を装うように、成宮は小さく笑った。

「最低限の知識だけ簡単に説明するね。さっきも話したとおり、真夜中の間だけ、死者は縛りから解放される。ある程度は自由に出歩けるし、今みたいに椅子に座ったり、階段とかエスカレーターも利用できる。でも、現世には基本的に干渉できない」

『干渉？』

「そのマグカップに触ってみて。持ち上げられないでしょ」

成宮はテーブルの上に置かれた空のマグカップの取っ手に触れたが、架橋が言ったとおり持ち上げることはできなかった。

「そんな感じで、力を入れても物は動かない。扉を開くこともできないし、自転車のペダルは回せない。少しずつ慣れるはずだから、いろいろ試してみて」

『透明人間みたいなものですか？』

マグカップから手を離して、成宮は架橋に訊いた。

「透明の定義次第かな。そうやって物に触れる時点で完全な透明ではないよね。視覚的には透明だけど、印藤さんみたいな一部の生者には姿が視えている。それに、物理的な話をすると、もう少し複雑なんだ。印藤さん、成宮くんの身体に触ってみてください」

成宮の肩に手を伸ばすと、触れることができた。一方で、皮膚の柔らかさは感じ取れず、薄い膜で包まれた鉄板のような不思議な感触だった。

力を込めてみたが、指先が成宮の身体を貫通することはなかった。

「触られてる感覚はある？」

そう架橋が尋《たず》ねると、『いえ、何も感じません』と成宮は答えた。

「じゃあ、成宮くんも触ってみて」

成宮の手が僕の胸の前に近づいてきた。身体に接しているように視えるが、触られている感覚はない。試しに身体を前方に傾けてみると、先ほどと同じく鉄板に阻《はば》まれているようにぴたりと止まってしまった。

僕たちの反応を確かめてから、架橋は説明を続けた。

「そんな感じで、お互いに一方通行的に触ることはできるけど、感覚は共有されない。視覚的にも、物理的にも、透明と呼ぶには中途半端《ちゅうとはんぱ》なんだ。半透明人間くらいが、適切な表現なのかもしれない」

『半透明人間……』成宮が呟《つぶや》くように言った。

架橋の説明を頭の中で整理しながら、これまでの経験と照らし合わせた。

「日中の死者には、触ることができなかった」

「これも、真夜中だけの現象です」架橋は成宮の方を向いて、「普通の生者とぶつかったら大騒ぎになるから気を付けてね。特に、千鳥足の酔っ払いは要注意」と言った。

僕や架橋は成宮が視えているが、通常の生者は死者を視認できない。何も置かれていないはずの場所でつんのめり、先に進めず立ち往生してしまう。死者が視えているか否かによって、その解釈は大きく変わるはずだ。

「あっ……、そうそう。説明が足りてなかった。今度は、成宮くんから殴りかかってみて。寸止めじゃなくて、ノックアウトするくらいの気持ちで」

『良いんですか？』

成宮に確認された。良くはないが、意味のあるデモンストレーションなのだろう。

「腕辺りを狙《ねら》ってくれるなら」

躊躇《ためら》いがちに、成宮は右腕を僕の左腕に振り下ろした。反射的に身構えたが、予想していたとおり、殴られた感覚はなかった。

結果を確認してから、架橋が口を開いた。

「殴りかかっても、ぶつかっても、相手が怪我《けが》をすることはない。死者は生者に危害を加えられない。そう覚えておけば大丈夫」

「生者から殴りかかった場合は？」

そう僕が訊くと、「同じく、生者も死者に危害を加えられません」と架橋は答えた。

「わかった」

あとでルールを整理する必要がありそうだ。

僕からはもう一つだけ、と言って、架橋はガラス製のテーブルを指さした。

「死者が建物を出入りする方法も説明しておくね。扉が開いている状態ならもちろん通れるし、生者にはできない裏技もあるんだ。あれこれやらせて申し訳ないけど、このテーブルに手を置いてみて」

成宮が手を伸ばすと、手首から先がテーブルの下に貫通した。

「ガラスとかアクリル板は、そんな感じで素通りできる。ガラス製の自動ドアや窓なんかは、誰かが開くのを待たなくても通り抜けられるんだ」

『これは……、知りませんでした』

怪訝な表情を浮かべている成宮を見て、架橋は満足気に頷《うなず》いた。

「この辺も、半透明人間っぽいでしょ」

一部の生者は、死者を視認できる。真夜中の間は、死者と生者が一方通行的に接触できる。同じく真夜中の間は、死者は特定の物質を通り抜けられる——。

完全な透明ではなく、半透明。なるほど、と思った。

「そろそろ朱莉さんを呼んでくるね。僕なんかより、ずっと説明するのが上手だから」

そして架橋は、僕にも声を掛けた。

「ところで、印藤さんはおいくつですか？」

「三十歳だけど」

「なんと。朱莉さんと同い年ですね。少し変わってるし無愛想《ぶあいそう》ですけど、仲良くしてあげてください。それでは、しばしご歓談を」

いくつか質問しようとしたが、架橋はすぐに階段の方に向かってしまった。深夜朱莉という弁護士は、二階にいるのだろうか。

トレンチコートを脱いで椅子の背もたれにかけると、成宮が僕の顔を見上げていた。

「それは、トレーニング中の服装？」

そう訊くと、『はい。いつもこの格好でした』成宮は頷いた。

「寒くはないんだね」

『空気の膜に包まれている感じで……、寒くはありません』

「着替えることは？」

『できません』

衣服も含めて、死者の身体の一部と理解するべきなのだろう。おそらく、死亡したときに着ていた服や髪型が反映されて、死者の姿が形作られるのではないか。

「亡くなったときのことは覚えてる？」

『それが、何も思い出せなくて』

どうして成宮は、成仏せずに現世に留まっているのか。この事務所は何のために存在していて、死者をどこに導こうとしているのか。

考え込む時間もなく、階段を降りてくる足音が聞こえた。

「成宮拓真くん、だね」

キャメル色のロングカーディガンを羽織《はお》った女性が、テーブルに近づいてきた。

背が高く、長い黒髪をうなじの辺りでまとめている。僕と同い年の三十歳と架橋が言っていたが、もう少し若く見えた。血色の悪い白い肌から、そう感じたのかもしれない。

目の下の濃いくま。気だるげな様子で、カーディガンのポケットに手を入れている。

「深夜朱莉です。まずは、話を聞きに来てくれてありがとう」

『あの……、架橋さんは？』

成宮が階段の方を見ながら訊いた。

「昴は、次の死者を迎えに行った。最近、ちょっと忙しいんだ。君と話せる時間も、今日は二十分くらいしかない」

『日の出までに、いろんな死者が訪ねてくるからですか？』

「そうそう。コミュニケーションを取れる唯一の場所だから、順番待ちも珍しくない」

近くのテーブルから椅子を運んできて座り、深夜は足を組んだ。

「それで、君が検察官？」

「はい。印藤累です」

深夜はにこりともせず、じっと視線を送ってきた。

「初めて聞く名前だな。昴が何て言ったのかはわからないけど、生者に割《さ》く時間はないし、死者が視える理由にも興味はない。伝えたいことはそれだけ」

「でも――」

「聞こえなかった？　生者が死者の時間を奪わないで」

成宮に向けたものとはまるで異なる、冷たい声色だった。検察官を毛嫌いしている弁護士は一定数いる。それにしても、ここまであからさまな嫌悪感を示されるとは。

「邪魔はしないから、同席させてほしい」

好意的な返答は得られなかったが、追い出されもしなかった。壁の掛け時計を見ると、午前三時を回っていた。数時間の仮眠で登庁することになりそうだ。

気まずそうに座っている成宮に、深夜は声を掛けた。

「この二日間、どう過ごしていた？」

『気付いたら、トレーニングルームにいました。身体が動かせないし、声も出せなかった。ふわふわしていて集中できないし、夢を見てるんだと思っていました。でも、ぜんぜん目が覚めなくて、警察の人が部屋の中を歩き回ってるし、なんかおかしいなって』

「うん。それで？」

『意識を失う前のことは、うまく思い出せませんでした。警察の人が、事故の状況をその場で報告してるのを聞いて……、もしかして俺が死んだのかなって、ようやく気がつきました。だけど、やっぱり身体は動かなかった』

「丑三つ時になったら、自由に動けるようになったでしょ。スタート地点は、マンションの前の道路とか？」

答えを知っているかのように、深夜は尋ねた。

『はい。いきなり場所が変わったので驚きました』

「死者は、壁を通り抜けることができない。ドアノブには触《さわ》れても、力を込めてドアを開くことはできない。この辺りの説明は昴から受けた?」

『さっき聞きました』

「つまり、せっかく縛りから解放されても、死亡場所次第では、建物から出られずに詰んでしまう。配慮なのかは知らないけど、室内で命を落とした死者は、真夜中になると近くの道路に移動するみたい」

『酔っ払いに触ろうとしたり、建物の中に入ろうとしたり、いろいろ試してみました』

「試行錯誤は大切だよ。私たちも、全てのルールを把握しているわけではない。新しい発見があったら教えてほしい」

『ガラスやアクリル板は通り抜けられるんですよね』

「この建物の扉は全てガラス製にしてる。帰るときに試してみて。ガラスだからというより、先が見えてることが大事なんだと思う。スモークガラスはダメだった。あと、ガラス張りの窓から急に入ってくるのはやめてね。びっくりするから」

　ちぐはぐに感じた事務所の外観は、死者を招き入れるための工夫だったのかもしれない。ガラス製の扉なら、架橋や深夜が出向かなくても、死者は自由に通り抜けられる。

『また来てもいいんですか?』

「もちろん。死者同士が鉢合わせないように、昴を通じて調整はしてもらうけど。込み入った話をすることが多いから、なるべく一対一で会うようにしているんだ」

『俺はこれから、どうなるんですか』

足を組んだまま、深夜は微笑を浮かべた。

「君は落ち着いているね」

『そうでしょうか』

「死を突き付けられて、取り乱しちゃう人も多いんだ」

『考える時間は山ほどありましたから。でも、この間抜けな格好は、ほとんどの人に視えてなくても、ちょっと恥ずかしいです。俺、華やかな衣装を着て踊るアイドルだったんですよ。ファンの子たちも、がっかりしてるんじゃないかな』

「どうして？」

『ベンチプレスで、筋肉バカって』

自嘲《じちょう》気味に肩をすくめた成宮をフォローすることもなく、淡々と深夜は訊いた。

「トレーニング中のことも覚えてるの？」

『マンションに入ったところくらいまでしか思い出せません。警察の人が、そう言ってたのを聞きました。無茶しすぎたんだろうって』

「参考にするのはいいけど、鵜呑みにするべきじゃないよ。彼らは、ときに真相を見誤る。何が起きたのかを直接見たわけじゃないんだから」

深夜は僕の顔をちらりと見た。検察官に対する当てつけのつもりだろうか。

『捜査は進んでるんですか』

そう成宮に訊かれたので、少し考えてから答えた。

「トレーナーの高井浩紀《たかいひろき》が事情聴取を受けている」

「黙って」

深夜が不愉快そうな顔で僕を制した。

「既に報道されていることだ」

「そういう問題じゃない」

深夜を無視して、「トレーナーが、適切な対処をしなかった可能性がある。防ぐことができた事故だと判断されたら、業務上過失致死で責任を問うことになると思う」と差《さ》し障《さわ》りがない範囲で捜査状況を伝えた。

「いい加減にして！」

鬼気迫る表情で、深夜が僕を睨《にら》んだ。

「彼の質問に答えただけだよ。何が気に食わない」

「何も知らないくせに……」

命を落とした理由を知りたいと成宮が望むのは当然のことだ。一方的に質問を重ねるだけで、何ら具体的な説明をしない。不誠実な対応をしているのは彼女の方だ。

「帰って。これ以上邪魔をするなら、私はもう何も喋らない」

「自分勝手だな」

「ここは私の事務所で、君は不法侵入者」

「ああ、そう」

ここまで頑《かたく》なな態度をとる理由がわからなかった。テーブルを挟んで睨み合った後、埒《らち》が明かないと思って僕は席を立った。

「二度と来ないで」

成宮の視線を感じたが、コートを手に持って出口に向かった。

長い一日だった。あと三時間ほどで、日の出の時刻を迎える。そこから次の丑三つ時までの約二十時間、成宮はマンションの一室で身動きが取れなくなる。

生者が死者の時間を奪わないで――。

その意味を、僕は正しく理解していなかった。

4

刑事司法は、国民の信頼なくして成り立たない。

秋におりる霜と夏の烈《はげ》しい日差し――。検察官バッジに象《かたど》られた『秋霜烈日』の姿勢は、検察官の使命であると共に、検察組織を縛る行動規範でもある。

自分は、犯罪を捜査するにふさわしい人間か、被疑者を訴追するにふさわしい人間か。

一人一人が、常に自問自答し続けなければならない。

誰よりも自分自身に厳しく。国民の信頼を裏切らないように。

被疑者は、検察官を映す鏡である。


パイプ椅子でふんぞり返っている元被疑者を眺めながら、新任研修で所長検事から聞いた訓示を思い出した。彼の目に、僕はどう映っているのか。

「久しぶりだね、加藤《かとう》くん」

「印藤さんも、お元気そうで」

逮捕されたときは長髪、勾留《こうりゅう》中に短く刈り込んで、今は金髪のベリーショート。TPO

に合わせたヘアスタイルなのだろうか。

「どうして呼び出されたのか、わかってる？」

「俺と仲良くなるためっすか」

ショートの髪を耳にかけた今瀬未緒《いませみお》が、黄ばんだ歯を見せて笑う加藤を睨んでいる。優秀な若手の検察事務官だが、感情が顔に出やすくはっきりと物申すので、被疑者と口論になることも珍しくない。

「僕との約束を破ったからだよ」

「手厳しいなあ」

約三ヵ月前、加藤は偽計業務妨害罪で逮捕された。出禁を喰《く》らったラーメン屋を誹謗中傷《ひぼう》するビラをばら撒《ま》き、脅迫まがいの電話を繰り返しかけた――。その際も、僕と今瀬のペアで取り調べを担当したが、涙を浮かべながら反省の言葉を口にしていた。

「ちゃんと反省しているように見えたから、正式起訴は見送ったんだ」

「反省していましたよ。あのときは」

被害者の店長は、厳しい処罰を求めていた。正式起訴で懲役刑を求刑するか、略式起訴で罰金刑を求刑するか……。どちらの選択もあり得たが、前科前歴がなく、両親が指導監督を申し出ていることを重視して、刑務所行きを免《まぬが》れる略式起訴に留《とど》めた。

「心境の変化でもあったの？」

「検察にお布施するのがバカらしくなって」

「徴収した罰金は、一般財源として国庫に入る。検察の予算になるわけじゃない」

「中抜きされないか不安なんです」

そう言って、加藤は肩をすくめてみせた。今瀬は眉間《みけん》に皺《しわ》を寄せている。

「そんなに信用できない？」

「例の件の報道を見ちゃったんで」

不祥事の概要を話し始めようとしたので、右手を前に出して制した。報道、庁内メール、同期からのメッセージ。嫌気がさすほど見聞きしている。

「三十万円の罰金刑が確定したのが、一ヵ月半前。納付方法も説明したよね。それなのに、納付期限を破って、督促状まで無視した。今回の呼び出しも、用があるなら検察官が会いに来いと拒否しようとした」

「ただの冗談ですよ。庶民にも便宜を図ってくれるのか気になって」

「出張サービスはやってないんだ」

今瀬が、キーボードで何かを打ち込んだ。早く本題に入れという抗議の意思表明だろうか。形式上立ち会ってもらっているが、今日のやり取りを記録する予定はない。

「どうして、こんなプレハブ小屋で働いてるんですか？　段ボール箱も整理できてないし、埃《ほこり》っぽい。左遷されちゃったとか？」

六畳ほどの部屋には、L字型のデスクやキャビネットが設置されているが、事件資料などが入った段ボール箱も積み重なっており、快適な執務環境とは言い難《がた》い。

「大人の事情ってやつだよ」

「いろいろ大変っすね。元気出してください」

本館から離れた駐車場の一角。『折笠地検臨時執務棟』と印字した紙を養生テープで壁に留めたプレハブ小屋の一室が、僕たちの執務室に割り当てられている。

内示が出たのは一週間前。転勤を伴わないとはいえ、あまりに突然の異動だった。

痺《しび》れを切らしたように、今瀬が口を開いた。

「印藤検事。彼に労役場留置の話をするべきでは」

「そんなことより、お姉さん。このあと一緒にランチでも行きません？」

「このまま帰れると思ってるの？」

今瀬が、加藤の方に身体を向けて言った。

「裁判も終わったし、今日だって任意の呼び出しでしょ」

インターネットで検索した知識を披露して、警察官や検察官を煙《けむ》に巻《ま》こうとする。比較的若い被疑者に多くみられる傾向だが、自身に都合のいい情報のみを取捨選択しているため、真逆の結論に行き着くことも珍しくない。

「今日の呼び出しは、最終通告」机上の呼出状を指さして、僕は続けた。「罰金三十万円。支払わないと厄介なことになる」

「脅しですか」

呼出状の余白に『三十万円÷五千円＝六十日』とボールペンで書いた。

「被告人を罰金三十万円に処する。この罰金を完納できないときは、金五千円を一日に換算した期間、被告人を労役場に留置する――。略式命令にそう書いてあったはずだよ。本気で支払わないつもりなら、今日から約二ヵ月刑務作業を行ってもらう」

「それは困るな」

「特別扱いすることはできない」

労役場に留置されると、刑務所での懲役刑と同じような生活を送ることになる。鉄格子のある雑居房で行動を監視され、面会も決まった人間としか認められない。

「ふーん。やっぱ、庶民には優しくしてくれないんだね」

「決められた手続を粛々《しゅくしゅく》と進めてるだけ」

「俺も、権力者の子供に生まれたかったなあ」

加藤が胸ポケットから煙草《たばこ》を取り出したのを見て、今瀬が鋭い声で咎《とが》めた。

「調子に乗らないで」

「怒った顔も悪くないじゃん」加藤は、百円ライターで煙草に火をつけて、煙を今瀬に吐《は》きかけた。「そっちこそ、偉そうにすんなよ」

「消しなさい」

「灰皿持ってきてよ」

「印藤さん！」

今瀬が声を張り上げたので、椅子から腰を浮かせた。

「だっさ。結局、男に頼るのか」

「僕が責任者だからね」

煙草を取り上げようとすると、加藤は机に封筒を放り投げた。

「これは？」

「ご所望の三十万。もう帰っていいだろ？」

中身を確認する前に、机に煙草を押し付けて加藤は席を立った。

「そうそう。このやり取り、全部録音したから。ネットにあげるつもりはないよ。あんたらが変な気を起こしたら困るからさ。自己防衛ってやつ。じゃ、そういうことで」

引き止めるべきだったが、呆《あき》れて言葉が出てこなかった。加藤が出ていって沈黙が流れた後、吸い殻を片付けるためにティッシュを取り出すと今瀬が話しかけてきた。

「器物損壊では？」

「天板が汚れただけで、穴が開いたり焦《こ》げたりはしてない。机の性能や価値を毀損《きそん》したとは言えないから、損壊とは評価できない」

「ああ、そうですか」

僕の手からティッシュを奪い取って、今瀬は乱暴に吸い殻を摑《つか》んだ。

「煙草の煙を顔に吹きかける行為を〝傷害〟とみなす余地はある。受動喫煙による健康被害の医学的根拠の有無が、争点になるだろうね」

ドイツの裁判で、『煙草の煙を故意に相手の顔に吹きかける行為は、傷害罪に当たる』と判断された前例があったはずだ。

「しょっぴいて、後悔させてやりましょう」

「罰金の徴収も済んだし、今日のところは大目に見よう」

「納付手続に従ってないから無効ですよ。あとで徴収担当に聞いておきます」

「いや、僕が説明しておく。穏便に済ませたい」

無効になったら、受け取った三十万円の処理でひと悶着《もんちゃく》生じてしまう。ただでさえ大変な時期に、余計な問題を増やすのは得策ではない。

「部下が暴言を吐かれたんですから、もっと怒りを露《あら》わにするべきでは」

「検察官と事務官は、上司部下じゃなくてパートナー」

「では、パートナーとして提言します。段ボール箱を片付けてください。こんな部屋だから舐《な》められるんです」

「……置き場所がなくてさ」

キャビネットの上段に並べた観葉植物――ガジュマルやエバーフレッシュを指さして、

「断捨離を徹底すれば、スペースができます」と今瀬は言った。

「植物だって生きてるんだよ。小学校でアサガオを育てなかった？」

「責任を取れないなら命を預かるなと教わりました」

「素晴らしい先生だ」

ネグレクトで逮捕されるような親の心に刻み込みたい金言である。

「これも、誰かの影響ですか」

「自宅の一室を大麻栽培工場にしていた被疑者」

「そんなところだろうと思いました」

「光量とか室温を細かく調整することで、効率的に大麻を育成する方法を聞き出したんだ。最初はただのビジネスだったけど、毎日向き合っているうちに愛着がわいてきた……。そう熱弁されても、しょせん草は草としか僕には思えなかった」

「ただの草ではなく、違法薬物です」

熱中しているものを無下に一蹴《いっしゅう》したら、被疑者は口を閉ざしてしまう。取り調べも人対人のコミュニケーションである以上、大切なのは理解と共感だ。

「取り調べのたびに栽培の拘《こだわ》りを語ってくるから、僕もガジュマルを育ててみた」

「大麻栽培にのめり込まなくてよかった」

「カーテンの開け閉めとか、定期的な水やりとか、意外と面倒なんだよ。成長のスピードがゆっくりだからこそ、些細《ささい》な違いに気付いて愛着がわく」

目張り、大量の電灯、収穫方法……。被疑者とも打ち解けて、大麻栽培のノウハウを調書にまとめることができた。

「それで、組織の上層部の名前を聞き出せたんですか？」

「組織は関与していなかった。僕の趣味に、観葉植物栽培が加わっただけ」

「その経験が役立つ日が来るといいですね」

「犯罪の多くは、日常の延長線に位置している。僕たちから被疑者に歩み寄らないと、その境界線は見えてこない。適法な趣味に留まっているうちは見逃してほしい」

「うっかり一線を踏み越えないように、目を光らせておきます」

執務室の整理整頓《せいとん》を終えないと、今瀬に小言を言われる日が続きそうだ。

無線装置、開錠用具、火打石、はんだごて。必要性を問い質《ただ》されそうな物品が、段ボール箱の中には山ほど眠っている。

「それにしても、検察官はすっかり嫌われ者だ」

先ほどの加藤とのやり取りを振り返る。罰金の納付を求めただけで悪態《あくたい》をつかれたのは、初めての経験だった。

「刑事部は、もっと悲惨みたいですよ。取り調べで暴言を吐かれたり、証人協力を拒否されたり、調書にもサインしてもらえないって嘆いてました。あとは、警察との関係性の悪化が特にしんどいらしいです。まあ、警察の気持ちも理解できますけど……」

「裏切ったのは、こっちだからね」

「プレハブ小屋に追いやられて、案外ラッキーだったのかもしれません。本館に残っていたら、クレーム処理で一日の大半が終わりかねないし」

「せめて異動の理由を教えてくれればなあ」

「知らぬが仏かもしれませんよ」

折笠地検の存在が世間に知れ渡ったのは、一ヵ月半前のことだった。

現役の三席検事——幹部検察官による、証拠隠滅と事件の揉《も》み消《け》し。新事実が発覚するたびに、検察の信用は失墜した。

三席検事は、中小規模の検察庁において、検事正と次席検事に次ぐ役職とみなされている。実働部隊のトップであり、現場の職員は言葉を失うほどの衝撃を受けた。詳細な事実関係も知らされないまま後処理に追われ、官舎と庁舎を行き来するだけの日々が続いた。

そんな最中《さなか》、僕と今瀬に異動の内示が出た。『監察指導課特別監査係』——。聞いたこともない部署であり、このプレハブ小屋が勤務場所に指定された。どのような業務を任されるのかは、まだ何も説明を受けていない。

積み上がった段ボール箱を眺めながら溜息《ためいき》をついた。

上司の不祥事、世間のバッシング、突然の異動、死者との出会い。

立て続けに起こる事件のせいで、慢性的な寝不足に陥《おちい》っている。そういえば、深夜朱莉も目の下に濃いくまができていた。

トイレで顔を洗ってこよう。そう思ったが、立ち上がるのも億劫《おっくう》だった。

5

「深夜朱莉って知ってる？」

そう僕が訊くと、今瀬はすぐに頷いた。

「クレーマー弁護士ですよね」

「……クレーマー？」

「一時期、検察や警察に何回も乗り込んできて、捜査とか裁判にケチをつけてきたんですよ。あれ？　そういう話をしたかったんじゃないんですか？」

今瀬は首を傾げた。折笠地検に異動してまだ一年も経《た》っていない僕より、さまざまな部署への異動経験がある今瀬の方が、管内の弁護士事情に精通している。

今瀬の疑問には答えず、僕はさらに質問を重ねた。

「それ、いつ頃の話？」

「確か……、一年くらい前ですね。印藤さんが異動してきたときには、落ち着いていたかもです」

「具体的には、どういうクレーム？」

「起訴する前に証拠を見せろとか、担当検事と話をさせろとか。かなりめちゃくちゃでしたよ。あっ、そうそう。有罪判決が確定した事件の記録を持ってきて、冤罪《えんざい》だから捜査し直せとまで言ってきましたからね」

事件の概要を聞き出そうとしたが、何だったかなあ、と今瀬は再び首を傾げた。

「あの人と何かあったんですか？」

「この前、少しだけ話したんだ」

「へえ。刑事弁護からは手を引いたって聞いてましたけど。おかしくなるまでは、やり手の弁護士って有名だったのに」

深夜は、僕と同じように死者が視える。事務所では死者とのコミュニケーションも取れるようだ。その特殊事情（能力？）が、今の話と関係しているのだろうか。

「クレーマー時代のこと、何か思い出したら教えてくれないかな」

「いいですけど……。ワーカホリックの印藤さんが、被疑者以外に興味を持つなんて珍しいですね。ただならぬ因縁《いんねん》でもあるんですか」

「そういうのじゃないよ」

深夜事務所で見聞きしたことを伝えるわけにはいかない。丑三つ時に人気アイドルの幽霊と出会ったと正直に打ち明けても、正気を疑われるだけだろう。

実際に経験してしまったからこそ、僕は受け入れざるを得なかった。それまでは、心霊の類はまったく信じていなかった。

検察官として話すべきは、事件の決着の付け方に尽きる。

「成宮拓真の事件って何か進展したのかな」

「クレーマー弁護士の次は、アイドルの悲劇ですか」

「興味ない？」

「いえ。成宮くんの事件は、私も続報が気になっています」

意外な反応だったので少し驚いた。仕事以外の話は、これまでほとんどしてこなかった。

どんな趣味嗜好を持っているのかも僕は知らない。

「ファンだったの？」

「子役時代から応援していました」

アイドルグループに加入する前から、子役として映画やドラマに出演していたらしい。

「ベンチプレス中に、シャフトが首に落下して窒息死。状況証拠とも合致するみたいだし、他殺が疑われているわけでもない」

「トレーナーが、三分以上も助けずに放置したんですよね」

「その空白時間が唯一の謎《なぞ》だと思う。本当に気が動転して身体が動かなかったり、シャフトを持ち上げられなかったなら、罪に問うのは酷かもしれない」

ベンチプレスの平均重量は約四十キログラム。成宮が持ち上げようとしたのは八十キログラムだったらしいので、小柄な体型も加味すれば、上級者の域に達していたことになるだろう。僕も一時期パーソナルジムに通っていたが、六十キログラムが限界だった。

「何のためのトレーナーなんだか」

「落ち度があったなら、業務上過失致死かな。持ち上げられたのに放置したとしたら、何が動機だと思う？」

「嫉妬《しっと》とか？　ドロドロした世界でしょう」

「トレーナーがアイドルに嫉妬するかな」

「被疑者ですら検察に喧嘩《けんか》を売る時代ですから」

煙草の煙を吹きかけられたのを根に持っているようだ。

「比較対象として不適切だと思う」

自ら手を下すほど明確な殺意を有していたわけではないが、何らかのトラブルを抱えていたとする。シャフトが首に落下して悶《もだ》え苦しむ成宮を見て、そのまま死んでしまえばいいと考えた……。咄嗟《とっさ》の判断にしては冷静すぎる気もするが、あり得ないとは言い切れない。

「印藤さんの考えは？」

「筋肉に見惚《みと》れてたとか」

「はい？」

今瀬はノートパソコンの画面を閉じて目を細めた。僕が突飛な考えを口にするたびに、いつも新鮮な反応を返してくれる。

「タンクトップとハーフパンツ。筋肉を観察しやすい服装で、成宮拓真は死亡した」

「トレーニング中だったんだから、当たり前じゃないでしょう」

「死が間近に迫ったとき、筋肉が収縮したり弛緩《しかん》して波打つように見えることがあるらしい。ベンチプレスは、胸、肩、三頭筋、腹筋を幅広く鍛《きた》えられるウェイトトレーニングだ。筋肉が互いに共鳴するように、劇的な変化が身体に生じた可能性がある」

「それに見惚れていたと？　本気で言ってます？」

呆れたように、今瀬は言った。

「呼吸が止まると、身体に酸素が供給されなくなって、筋肉が硬直する。生きているときには目視できない現象――、死後硬直だ。筋肉量が多いほど変化も大きくなる。筋肉マニアのトレーナーだったら、死にゆく筋肉の変化を見届けたいと望んだかもしれない」

「死後硬直って、一番早い顎関節《がくかんせつ》でも発現までに三十分は掛かりますよね。三分程度じゃ、目視できる変化は生じないはずです。騙されませんよ」

「さすが。詳しいね」

法医学について、どこかで学ぶ機会があったのだろう。

「まともな見解はないんですか」

「トレーナーが目を離している間に、今回の事故が起きた。すぐに異変を察知できる場所ではなく、戻るまでに数分掛かるところで油を売っていたのかもね」

「具体的には？」

「煙草とか」

先ほどとは打って変わって、今瀬は素直に頷いた。

「ああ、それはあり得そうですね。自分に落ち度があるとわかっていたから、正直に打ち明けられず、気が動転していたと嘘《うそ》をついた。うん、それっぽい」

「これくらいは、警察もすぐに思い付いたと思う。喫煙所の場所も確認済みじゃないかな。トレーナー不在で限界の重量に挑戦するのも、少し不自然な気がするし」

「筋肉マニア説よりは、よっぽどマシですよ」

「結構気に入ってたんだけどな」

担当検事ではないので、この程度の検討に留めておこう。もし本当に、トレーナーの高井浩紀が数分目を離していたなら、立件できる可能性は一気に高くなる。

「どうして、この件が気になってるんですか」

「野次馬根性だよ」

「深夜朱莉の件といい、怪しいなあ」

鋭いなと思ったけれど、僕の話の持っていき方が下手だっただけかもしれない。

「ファンになったきっかけとかあるの？」

「十年くらい前に流行《はや》った、なりみさダンスです」

「なにそれ」

「知らないんですか。子役の二人でユニットを組んで紅白歌合戦にも出たのに」

僕が二十歳くらいの頃に流行ったのだろう。当時は司法試験の勉強に全力で向き合っていたので、テレビもほとんど見ていなかった。

「なりみさっていうのは、二人の名前？」

「成宮のなりと、三崎《みさき》のみさです。三崎香蓮《かれん》。同い年のユニットで、二人とも現役の大人気アイドルなのに……。信じられません」

「三崎香蓮――」

「さすがに知ってますよね」

携帯を手に取り、アルバムアプリを起動した。午前中に撮影した一枚の写真を開き、記憶違いではないことを確認する。成宮の事件を担当している検事と話をして、捜査資料の一部を見せてもらった。

同じパーソナルジムの会員リストの中に、三崎香蓮の名前があった。

「どうしました？」

今瀬が、僕の手元を見つめている。捜査資料を撮影したと打ち明けたら小言を言われるのは必至なので、携帯をポケットの中に入れた。

「画像を検索しただけ」

「かわいいですよね。ザ・アイドルって感じで」

そこで、執務室の内線電話が鳴った。今瀬が出て用件を確認した後、保留ボタンを押して怪訝な表情を浮かべた。

「印藤さんに電話なんですけど……」

「誰から？」

「深夜弁護士です」

6

翌日の丑三つ時。僕は再び深夜法律事務所を訪れた。二日ぶりの訪問である。

二時間ほど官舎で仮眠をとったが、この生活を続けていたら体調を崩してしまいそうだ。深夜法律事務所も日中は、生者が依頼者として訪ねてくるのだろうか。

ガラス製のドアを開いて中に入ると、今回は初めから深夜が椅子に座っていた。案内人の架橋や成宮の姿は見当たらない。

「二度と来るなって言われた気がするんだけど」

「私が悪かった。謝罪します」

座ったままだが、頭を下げられてしまった。

「いや、僕が余計なことを言ったんだろうし……」

「昴に怒られたんだ。ちゃんと説明しなかった私に落ち度があるって。時間がなくて焦っていたとはいえ、言葉足らずだった」

先日とは別人のような態度の違いである。

「説明してくれるの？」

「そのために、こんな時間に来てもらった」

できれば日中に呼び出してほしかったが、何か理由があるのだろう。あえて敵対する理由もない。死者に関する知見を有している深夜に訊きたいことは山ほどある。

「このコーヒー、いただいても？」

テーブルには、ホットコーヒーが入ったカップが二つ置かれていた。勧められるまで手を付けないつもりだったが、眠気を覚ますためにカフェインの力を借りたかった。

「ああ、どうぞ。生者の相手をするのは慣れてなくて」

死者はコーヒーを飲むこともできない。カップに口をつけると、いつも職場で飲んでいるインスタントコーヒーとはまるで違う上品な香りがして驚いた。

「美味《おい》しい」

「ありがとう。定番のグァテマラだけど、気に入ってもらえたならよかった。あのさ、私、敬語が苦手なんだ。こんな感じで話してもいいかな」

今日の深夜は、ワインレッドのロングカーディガンを着ている。この前も思ったが、膝《ひざ》の上に長毛種の猫を乗せていそうな服装だ。

「同い年らしいし、構わないよ」

「よかった」

本格的なコーヒーまで出てくると、いよいよカフェにいるような錯覚に陥る。香りを楽しんでから、本題に入ってもらうことにした。

「この前、成宮くんに捜査状況を簡単に伝えたけど、何がまずかったのかな」

トレーナーが事情聴取を受けていることを明かした直後、深夜は激昂《げきこう》して僕を事務所から追い出した。

「彼に先入観を持たせたくなかった」

「捕まった人がいるのかを知りたいと、死者が求めても？」

その望みに答えることに、何か問題があるとは思えなかった。

「私と昴は、死者を成仏させるために動いている。一日の二十時間近くも亡くなった場所に縛りつけられる辛《つら》さは想像できるよね」

「そもそも、死者が現世に留まる条件は？」

「その説明もまだしてなかったね」

「亡くなった人が、みんな成宮くんみたいな状態になるわけじゃないんだろう？」

この国では、毎日三千人以上の人が死亡していると聞いたことがある。その全員が現世に留まっているなら、もっと多くの死者を僕は視てきたはずだ。

「罰せられるべき生者がいるとき、死者は現世に留まる」

「……殺人事件のこと？」

「殺人だけではない。交通事故、傷害致死、放火、ネグレクト――。死の責任を問う犯罪は数多くある。事件性がある場合と言い換えることもできる。犯罪に起因する出来事が起きたときに、警察や検察は事件性があると判断して、犯人を捕まえようとするでしょ」

「命を奪った犯人がいるか否か。それが基準になっているのか？」

「そういうこと」

「現世に悔《く》いがあるかではなく？」

「うん。死者ではなく、生者側の都合で理不尽に決まる」

廃病院や樹海が心霊スポットとしてメディアで紹介されるのは、病死や自殺が幽霊化のトリガーに含まれると認識されているからだろう。しかし、今の深夜の説明を前提にすれば、病死や自殺は幽霊化の条件を満たしていないことになる。

現世に悔いを残したまま亡くなった死者が、幽霊となって生者に危害を加えたり、現世にしがみつく……。

僕が漠然と抱いていた幽霊のイメージとは、前提が異なるように感じた。

「じゃあ、死者が成仏する条件は？」

先ほど深夜は、死者を成仏させるために動いていると言った。

「今の説明の裏返しだよ。罰を受けるべき生者が裁かれると、死者は彼岸へ渡れる」

「有罪判決を宣告されたとき。私は、そう理解している」

「裁かれるって……」

幽霊や成仏の話をしていたはずなのに、有罪判決という単語が急に飛び出したので、理解が追いつかなかった。

「捜査、逮捕、起訴、裁判。有罪判決が宣告されるまでには、一年以上掛かることも珍しくない。その間、死者は事件現場に縛りつけられている。そういうこと？」

「真夜中以外は」

新たな疑問が次々と頭に浮かんでくる。

「犯人が裁かれなかったら？」

「成仏できず、現世に留まり続ける」

「未解決事件は、どうなるんだ」

「今、答えたとおり。地縛霊ってやつだよ」

殺人や強盗致死など、一部の凶悪事件の時効は撤廃されたが、それは全ての事件が解決に至ることを意味しているわけではない。捜査本部が設置され、警察の威信をかけた捜査が行われても、一部の事件は迷宮入りしてしまう。

その事実を善しとしている捜査関係者は、ほとんどいないだろう。しかし、未解決事件が一定の割合で生じていることは認めざるを得ない。

犯人が裁かれなかったが故《ゆえ》に、現世から解放されない死者が存在するというのか。

「どれだけ時間が経っても、成仏できないのか？」

「私が視てきた死者の中に例外はいなかった」

「そんな……」

深夜は考える時間を与えてくれなかった。

「悲劇を生むのは、未解決事件だけじゃない」

「え？」

「未解決だと警察が認識しているのなら、規模は縮小されても捜査は続けられる。いつか、目撃者が現れたり、新証拠が発見されるかもしれない。かすかな希望が死者の拠り所《よりどころ》になる。でも、有罪判決が確定した事件の捜査は二度と行われない」

真犯人が裁かれた場合は、その時点で死者は成仏する。再捜査の必要はない。

死者の希望を奪う有罪判決とは、何か。

今瀬が言っていた。一時期、深夜は検察庁でクレーマー扱いされていたと。捜査や裁判にケチをつけてきた。起訴前に証拠を見せろ、担当検事と話をさせろと求めてきた――。

もう一つ、今瀬は深夜のクレームに言及していた。

「……冤罪の話をしているんだよな」

「冤罪は、二人の未来を奪う。被告人の人生と、被害者の彼岸への道」

無実の罪で罰せられた被告人は、犯罪者の烙印《らくいん》を押され、社会から排除される。殺人や強盗致死といった重罪であれば、無期懲役、あるいは死刑に処せられる可能性もある。

冤罪は絶対に許されない。検事に任官したとき、そう心に誓った。

「有罪だと確信して、検察官は被疑者を起訴している」

「その判断が常に正しいと断言できる？」

警察や検察は、ときに真相を見誤る――。

前回、深夜はそう成宮に告げた。

「整理させてほしい。被告人に有罪判決が宣告されたのに、死者が成仏しない。その場合は真犯人が別にいて、冤罪だったことを意味している……。そういうこと？」

「こんなにわかりやすい判定基準、他にないでしょ。真犯人が誰なのかはわからないけど、被告人の無実は確信できる。でも、それを証明する術《すべ》がない」

「だから、検察庁に直談判《じかだんぱん》に来ていたのか」

「そこまで調べたんだ。その方法はもう諦《あきら》めた」

ほとんどの人間に死者は視えない。事件現場に連れていって訴えても、エセ霊能力者扱いされるだけだろう。

「裁判の結果と成仏が結びついているなんて……、そんなのおかしいじゃないか」

「事件が起きた瞬間に、犯人が誰であるかは確定する。当然、全てを見通せる神は、捜査を経《へ》ずとも、最初から真相に気付いている。正しい結論に辿《たど》り着《つ》けるか。人間は試されているんだ。その期待に応《こた》えられなかった場合は罰を科される」

「判断を下すのは、警察や検事、裁判官だ。どうして、そのしわ寄せが死者に――」

深夜は、コーヒーを一口飲んでから答えた。

「理不尽は神の代名詞でしょ。通り魔に命を奪われた被害者。冤罪で人生を台無しにされた被告人。そこに納得できる理由が存在すると思う？　理不尽な運命を神に押しつけられた。それ以上でも以下でもない」

僕が反論を口にする前に、深夜はさらに言葉を続けた。

「死者が被告人の冤罪を確信するのは、判決宣告のタイミングだ。でも、そこで気付いても手遅れなんだよ。一度宣告された有罪判決がひっくり返る割合、検事なら知ってるでしょ。答え合わせが済んでから軌道修正をはかっても、まず間に合わない」

「だから、捜査が終わる前に死者に接触しているんだね」

すっかり温《ぬる》くなったコーヒーを飲んで、気持ちを落ち着かせようとした。

「私たちの唯一のアドバンテージは、死者から話を聞けること。ただし、犯人の名前を直接聞き出すことはできない」

「どうして？」

死者の多くは、犯人の顔を直接見ているはずだ。

「この場所に足を運ぶたびに、死者は記憶を取り戻すことができる。でも、死の直前の記憶だけは最後まで戻らない。犯人の顔を覚えていた死者は、一人もいなかった。それを認めたら、成仏の難易度は一気に下がる。よくできているんだよ。腹が立つくらいにね」

逮捕、勾留、起訴、判決……。ステージが進むごとに、現状を覆すことは困難になる。

あれこれ考えるのは後にしよう。目の前の問題から片付けていくべきだ。

「成宮くんは、何か覚えていたの？」

「まだトレーニングルームでの記憶は戻っていない」

「トレーナーの高井浩紀が事情聴取を受けていると僕が伝えたことで、記憶が戻る前に先入観を与えてしまったんだね」

捜査機関の見通しと死者の記憶がズレていれば、真相を手繰《たぐ》り寄《よ》せるとっかかりになる。

だから、あのとき深夜は僕を事務所から追い出したのか。

「彼は何かを隠している」

「それも霊能力？」

「弁護士としての直感だよ」

深夜は、こともなげに答えた。

「へえ……。どうして、そう思ったんだ？」

「君が帰ったあと、明らかに彼は動揺していた。何を話しかけても上の空で、考える時間がほしいと言って出ていった」

そこで深夜は言葉を切って、右手を挙げた。

「やあ、来てくれたんだね」

僕の背後に、成宮が立っていた。ガラス製のドアを通り抜けたので、音がしなかったのだろう。前回と同じ無地のトレーニングウェア。

『俺が、全て悪いんです』

ハイバックのチェアに座った成宮は、そう僕たちに言った。

7

「何か思い出したの？」

深夜が訊くと、成宮は頷き返した。

『トレーニングルームに入って、着替えたところくらいまでは。あの……。成仏する条件、もう一度確認させてください』

「大切なことだから、納得できるまで付き合うよ。今日は、他の死者が訪ねてくる予定もないし」

時刻は午前二時二十分。日の出まであと四時間ほど残っている。

『真犯人に有罪判決が宣告されること……。この理解で合ってますか』

「私はそう理解している」

『トレーナーの高井さんが起訴される可能性は、あるんですか』

深夜が僕を見たので、「答えていいの？」と確認した。

「先入観に繋《つな》がらない情報なら開示してほしい」

情報を取捨選択して伝えろということか。難易度の高い注文だ。

「この前も話したけど、高井浩紀が起訴されるとしたら、業務上過失致死だと思う。トレーニング中の不慮の事故なら、刑事上の責任を問われる可能性はそれほど高くない。だけど、今回は空白の三分間の問題がある。どっちに転ぶのかは、今の時点ではわからない」

『高井さんに責任はありません。起訴しないでください』

「担当検事は僕じゃないから、結論だけ伝えられても力になれないよ」

『そうですよね……』

逡巡《しゅんじゅん》する様子をみせた成宮に、深夜は冷静な口調で告げた。

「高井浩紀に有罪判決が宣告されたら成仏できないと、君は考えているんだね」

『……はい』

「トレーニング中の記憶はまだ戻っていないのに、そう思う理由は？」

意を決したように、成宮は答えた。

『高井さんは、あの部屋にいなかったからです』

「最初から？」

『そうです。別室で待機してもらっていました』

喫煙などで目を離していた可能性について、僕は執務室での今瀬との雑談の中で言及した。だが、トレーナーが最初から部屋にいなかったとは、想像もしていなかった。

「訳《わけ》ありのパーソナルジムなんだね」

『そういうわけじゃ……。どこまで話すべきか、まだ迷っています。きっと、高井さんも、納得した上で責任を被《かぶ》ろうとしているんだと思います。それで丸く収まるならいいのかもしれないって、ここに来るまでは考えていました』

「いいわけがない」深夜が断言した。「どんな理由があっても、冤罪は絶対に許されない。死者の成仏とは関係なく、あってはならないことなんだ」

『でも――』

「高井浩紀は納得していたと言ったね」

成宮の言葉を遮《さえぎ》って、深夜はさらに続けた。

「大金を積まれて、汚れ役を押し付けられた。そんなところでしょ。そもそも冷静な判断ができる状況だったと思う？　警察や検察ですら処遇を決めかねてるんだ。起訴される可能性すら認識していなかったのかもしれない」

『どこまでわかってるんですか』

深夜は足を組んで、大きく溜息をついた。

「どういうわけか、こういうパターンが多いんだよね。いいよ……、背中を押してあげる。捜査状況をほとんど把握してない私でも、一定の結論に達している。そう気付けば、隠してもムダだって諦めもつくだろうし」

『お願いします』

死者とのやり取りは、深夜に任せた方がいい。なるべく邪魔はしないことにした。

「バーベルが落下してから、どうして三分以上も放置されたのか。それなりの重さだったとしても、トレーナーが持ち上げることすらできなかったとは考えづらい。その場にいなかったから対応が遅れた。それが素直な解釈だ。仕事を放り出して、どこに行っていたのか？」

僕も同じような思考を辿り、一つの候補として喫煙を挙げた。

「当事者の君は、別室で待機してもらっていた、と言った。職務を放棄していたなら、そういう表現にはならないだろう。むしろ、目を離すことが求められていた役割だった。高額な利用料を支払って、マンションの一室で何をしていたのか？　違法薬物の乱用だとしたら、司法解剖で警察が見抜いたはずだ。ポーカーや麻雀《マージャン》の賭博《とばく》はあり得そうだけど、警察が駆け付けるまでに撤収作業が間に合ったのか疑問が残る」

深夜が一つずつ可能性を潰《つぶ》し、そのたびに成宮の表情は曇っていった。

「身体にも現場にも痕跡《こんせき》を残さない――。次辺りに思いついたのが、密会だった。訳ありの相手と、人目につかない場所で会っていた。反社会的勢力、既婚者、犯罪者。候補はいくつも思い浮かぶけど、フロアの入り口には防犯カメラが設置されていた。カメラを掻《か》い潜《くぐ》る方法がない限り、密会相手は会員かトレーナーに絞り込める。人気アイドルがわざわざ通っていた場所だ。同じような立場の会員がいたとしても不思議じゃない」

都心から少し離れた場所にある高級パーソナルジム。人目を忍んで密会を重ねるために、準備された空間だったとしたら。

「同じフロアには、複数のトレーニングルームがあったらしいね。会員とトレーナーを合わせても、同じ時間帯に出入り口を通った人間は多くないはず。その中に君と繋がりのある人間がいれば、話を聞く価値はある」

会員リストには、成宮以外にも芸能人の名前が記載されていた。

『凄《すご》いですね。そこまでわかっちゃうんだ』

「会員リストと防犯カメラの映像があれば、もう少し絞り込める」

『もう充分です』

「降参なら、隠していることを教えて」

『俺が会っていたのは……、アイドルの三崎香蓮です』

「その子が部屋にいたことは思い出せた？」

『いえ、まだ記憶は戻っていません。でも、あの部屋に行くたびに会っていたので、間違いないと思います』

「そこで何をしていたの？」

回りくどい言い方ではなく、はっきりと深夜は訊いた。

『信じてもらえないと思うけど、ただ二人で話していただけです。やましいことは何もしてません。仕事のこととか、家族のこととか、誰にも邪魔されずに二人で話したかった。どこに行っても無断で写真を撮られて、ＳＮＳで拡散される。ずっと監視されているみたいで、息苦しかったんです』

「部屋を準備したのは、所属している事務所？」

『そうです。三年くらい前に、俺と香蓮の熱愛スクープみたいな飛ばし記事を書かれたことがあって、事務所も神経質になってました。十年近い付き合いなのに、周りが勝手に騒いだだけで会うのも禁止されるなんて、納得できなかった』

飛ばし記事とは、裏取りを行わず、信憑性《しんぴょうせい》が不確かな報道を指す単語だ。

「十年って、小学校くらいからの知り合いだったの？」

『なりみさダンス。知りませんか？』

「ごめん。昔からテレビはほとんど見ないんだ」

浮世離れした雰囲気の深夜がテレビを見ている姿は、確かに思い浮かべづらい。

『幼馴染《おさなな》《じ》みたいな関係性でした。あの頃は、仲良くしてるとファンも喜んでくれたのに、だんだんネット記事のコメントとかで、お互いのファン同士が言い争うようになりました。どうして、放っておいてくれないんでしょうね』

「声の大きい一部の人間が騒いでいただけで、大多数は無関心だったと思うよ」

目を丸くしてから、成宮は口元を緩《ゆる》めた。

『そうかもしれませんね。でも、炎上の火種を放置することは、人気商売では御法度《ごはっと》です。俺たちも事務所も譲らずにバチバチにやり合った結果、週一で一時間だけ、あの部屋で会うことが認められました』

「本当に、ただお喋りをしていただけ?」

『信じられませんか』

「だって、ほら」深夜は成宮の上半身を指さして、「トレーニングする気まんまんの服装で死んでるからさ」と言った。

『ああ……。せっかく器材があるし、一緒にトレーニングすることはありました』

「色恋沙汰《ざた》には興味がなくてね。死の真相を追いかけるので精一杯なんだ」

成宮と三崎香蓮は、週に一度、トレーニングルームで同じ時間を過ごしていた。その間、二人の邪魔をしないために、トレーナーは別室で待機していたのだろう。

『トレーニング中に、俺がバーベルを首に落としたんだと思います』

「それは、ただの推測でしょ。死の直前の記憶は、最後まで戻らないんだから」

『でも……、他に考えられないじゃないですか』

成宮の他にトレーニングルームに居合わせたのが、高井浩紀だったか、三崎香蓮だったか。後者が答えであれば、空白の三分間の違和感は払拭《ふっしょく》できる。

男性と女性では筋肉量に差があるし、インターネットで検索した写真を見る限り、三崎香蓮は女性の中でも華奢《きゃしゃ》な身体つきだった。八十キログラムのバーベルを、三崎香蓮が持ち上げられた可能性は低いだろう。

それでも、目の前で友人がもがき苦しんでいたら、助けを呼ぶ前に自分の力で何とかしようと試みたとしても不思議ではない。重量を知らなかったならなおさらだ。その結果、トレーナーが駆け付けるのが遅れてしまった。

成宮の推測は真実に合致しているのではないかと、僕は思った。

「君には、二つの選択肢がある。一つは、警察の捜査が終わるのを待つ消極的な選択。ここで語ってくれた内容が彼らに正しく伝われば、おそらく捜査方針は大きく変わる。高井浩紀か三崎香蓮……。どちらかが口を割って裏取りが行われたら、真相から大きく外れた結論には至らないはず」

『どうやって警察に伝えるんですか』

予測はしていたが、深夜は僕に手の平を向けた。

「知っていると思うけど、彼は検事だ。担当ではなくても何とかしてくれるさ」

「だから、僕を呼んだのか」頭を掻《か》いてから、「期待には応えられると思う。死者の話を持ち出さなくても、ヒントを与えるくらいならできる」と二人に言った。

「だってさ。そろそろ高井浩紀も限界を迎える頃合いだろうから、勝算はそれなりにある。君はただ、事件の行く末を見守っていればいい」

『もう一つの選択肢は？』

成宮は、前のめりになって深夜に訊いた。

「直接、真相を明らかにする。君が語ったストーリーが間違っていることは、気付いているよね」

僕が納得しかけた結論を、深夜ははっきりと否定した。

『部屋にいたのが香蓮だったから、バーベルを持ち上げられなかった。三分以上放置された理由も説明できているはずです』

「それは生者の理屈。私たちには別のヒントが与えられている」

『俺が、成仏していないことですか』

「そのとおり」

『じゃあ……』

成仏する条件について、成宮は深夜に確認していた。

そうか。不運な事故にすぎなかったのであれば、そもそも成宮は現世に留まっていないはずだ。死者が直面している状況から、死因はある程度逆算できる。

検事の論理に囚《とら》われてはいけない――。

「罰を受けるべき犯人を突き止めない限り、君は永久に成仏できない」

8

二日後の午前三時――。

キャップを目深に被り、黒縁の眼鏡《めがね》をかけた三崎香蓮が、深夜法律事務所を訪ねてきた。すぐに本人だとわかったのは、成宮が深夜に向かって頷いたからだ。

ガラス製のテーブル席に座っている成宮のすぐ近くを通っても、三崎は特段の反応を見せなかった。ごく一部の生者しか、死者を視ることはできない。

僕は、少し離れた場所の椅子に座って、成り行きを見守ることにした。

たった二日で、しかも終電もとっくになくなった真夜中に、人気アイドルを法律事務所に呼び出す。どんな方法を用いたのかも、僕は知っている。

深夜はまず、成宮がSNSのプライベート用アカウント――、いわゆる〝裏垢《うらあか》〟を持っていることを確認して、ログインするために必要な情報を聞き出した。そして、三崎の裏垢を見つけて（成宮が存在を認識していた）、ダイレクトメッセージを送信したのである。

所属事務所に問い合わせるのは論外、公式のSNSにメッセージを送っても本人の目に留まる可能性は低く、直接の接触を図るのも難しい……。

裏垢同士でコンタクトを取るのは、ベストな選択肢であるように思えた。

そして、トレーナーの高井浩紀の弁護人を名乗り、人目に付かない真夜中に事務所で話がしたいと申し入れた。委任関係を偽ったのはいささか問題があるが、緊急事態なので致し方ないだろう。

トレーニングルームでの密会について――。そう切り出されたメッセージを本人が目にすれば、呼び出しに応じる可能性は充分あった。

実際、三崎は事務所に姿を現した。一つ目のハードルを乗り越えたことになる。

「あの……。何が目的なんですか」

怯《おび》えた口調で三崎は深夜に訊いた。脅迫と受け取られかねないメッセージを送信しているのだから、当然の反応だ。

「話がしたかっただけだよ」

「どうやって、拓真くんのアカウントにログインしたんですか」

「企業秘密」

三崎は明らかに深夜を警戒している。情報を引き出すには、信頼関係を築くか、交換条件を突き付けるくらいしか、僕には方法が思い浮かばない。

躊躇う素振りを見せてから、三崎は勧められた椅子に座った。

「高井さんが本当のことを話してくれた。あの日、トレーニングルームに彼はいなかった。成宮くんとあなたの密会を邪魔しないために別室で待機していたと」

深夜は把握している情報を端的に伝えた。

「そう……、ですか」

「心当たりがあるから、私の呼び出しに応じてくれたんだよね」

肯定も否定もせず、三崎は質問を重ねた。

「警察には、もう話したんですか」

「まだ伝えていない。あなたの話を聞いてから、弁護方針を決めるつもり」

「そんなの、困ります」

後ろ暗いところがあると認めているようなものだ。駆け引きが得意なタイプには見えず、むしろ動揺が手に取るように伝わってくる。

「真相を明らかにするのは、検察や裁判所の役割。弁護士は、あくまで依頼人の利益のために動く。今回の事件に関しては、真相を積極的に明らかにしないことが、高井さんにとって最善の結果に繋がるかもしれないと考えている」

三崎は首を小さく横に振って、「騙されません」と呟くように言った。

「あなた自身、現状を正しく理解できていないんじゃない？　周りの大人に指示されて口を噤《つぐ》むしかなかった。その選択を後悔してるなら、まだ間に合う」

「今さら本当のことを話しても、誰も信じてくれない」

「世間からのバッシングを気にしてるの？　今、あなたが向き合わなくちゃいけないのは、成宮くんやその遺族だよ。事件の真相を知りたいと、彼らは願っている。あの日から時計が止まったままなんだ。遅すぎるなんてことはない」

成宮は、まっすぐ三崎の横顔を見つめている。

「高井さんから話を聞いたなら、それで充分じゃないですか」

「亡くなる瞬間に立ち会ったのは、あなたしかいない。トレーニングルームで何を見て何を聞いたのか。隠し事はなしで、ありのままの事実を教えて」

「嫌だと断ったら？」

「別にどうもしない。私はきっかけを与えてるだけ」

「………………」

「遅かれ早かれ、警察も現場にあなたがいたことに気付く。捜査の手が伸びるぎりぎりまで沈黙を貫《つらぬ》くのか。今ここで、自分の口から打ち明けるのか。きっと、結果はほとんど変わらない。でも、前を向くきっかけになる」

「……ズルいです」

「成宮くんも、どこかで見守ってるかもしれないよ」

手を伸ばせば届きそうな距離に座っているのに、三崎は成宮の存在を認識することができていない。それにもかかわらず、あえて深夜が三崎を真夜中に呼び出したのは、生者と死者の仲介役を担おうとしているからかもしれない。

「わかりました。お話しします」覚悟を決めたように三崎が言った。

シャフトが成宮の首に落下したとき、トレーニングルームには三崎と成宮しかいなかった。捜査資料や成宮から聞き取った情報によって、そこまでは事実としてほぼ確定している。問題は、シャフトが落下した経緯である。

単純なトレーニング中の事故であったなら、事件性は認められず、罰を受けるべき犯人も存在しないことになる。しかし、成宮は死者として現世に留まっている。〝幽霊化〟という現象と、〝事件性なし〟という結論は相容《あいい》れない――、矛盾してしまうのだ。

現世に留まる死者を前提としたこの論理は、担当検事や刑事にはとても伝えられない。ならば、事件性を裏付ける別の理由を準備すればいい。

このような思考を辿って、重要参考人である三崎香蓮を事務所に呼び出すに至った。

「トレーニングルームで何が起きたの？」

「私がすぐに助けを呼びに行っていれば、拓真くんは死なずに済んだ。私のせいなんです。ごめんなさい……」

言葉に詰まった三崎に、深夜はハンカチを差し出した。

「大丈夫？」

「少しだけ待ってください」

「ゆっくりでいいよ。時間はたっぷりある」

日の出まで、あと約三時間。それまで成宮は事務所に留まることができる。

「ごめんなさい。泣かないって決めたのに」

三崎が受け取ったハンカチを目元に当てると、『香蓮に謝ってほしいわけじゃない』と、成宮が表情を歪《ゆが》ませた。その声は、僕と深夜にしか届いていない。

『泣かないで。これが香蓮と過ごせる最後の時間になるかもしれない。事件の話はさっさと終わらせて……、香蓮に訊きたいことがたくさんあるんだ。マネージャーとは仲直りした？新しいCMの出演も決まったんだろう？』

深夜は、成宮の方をちらりと見てから口を開いた。

「ここに成宮くんがいたら、あなたに何て声を掛けたと思う？」

俯《うつむ》いたまま、「謝らないで、泣かないで、って」とすすり泣きながら答えた。

「他には？」

「アイドルなんだから、どんなときでも笑わないと……、って」

成宮は頭を掻きながら、『そんな酷《ひど》いことは言わないよ』と苦笑した。

「どう？　落ち着いた？」

数秒後、顔を上げた三崎は、一筋の涙を流しながら、笑顔を浮かべていた。

「はい。ありがとうございます」

『どういたしまして』

そして三崎は、成宮の死の真相を明らかにした。

＊

深夜法律事務所を出て二十分ほど歩くと、夜空を見上げている架橋を見つけた。出会ったときと同じモスグリーンのシャツとパンツを着ている。

『あれっ、印藤さん。もう終わったんですか？』

「邪魔者だから、僕は途中で退散してきた。深夜さんは、うまく仲介役を担ってる」

『呼び捨てでいいと思いますよ。朱莉さんも、そうするだろうし』

これからも、僕はあの事務所に通うのだろうか。

「架橋くんを捜していたんだ」

『どうして成宮くんが成仏できないのか、僕も気になってたんですよ』

事務所で見聞きした内容を、僕はできる限り正確に伝えた。

成宮と三崎は、トレーニングルームで週に一度、二人きりの時間を過ごしていた。マンションまではマネージャーが車で送り、帰りはタイミングをずらして建物を出ていた。事務所の中でも限られた人間しか知らされていなかったらしい。

その日も、二人はいつもどおりの手順を踏んでマンションの一室を訪れた。それぞれが私物のトレーニングウェアに着替えて、会話を楽しみながらトレーニングに励《はげ》む。それ以上でも以下でもない。二人が語った内容は一致していた。

バランスボールで体幹トレーニングを行っていた三崎の耳に、大きな音が飛び込んできた。金属同士がぶつかったような音だったという。

驚きながら状況を確認すると、トレーニングベンチで横になっている成宮の首をバーベルが押し潰そうとしていた。何とかしなければならないと思って必死に持ち上げようとしたがびくともせず、もがき苦しむ成宮を見ていることしかできなかった。

自分の力ではどうにもできないことを悟り、別室で待機していたトレーナーの高井に助けを求めた。しかし、彼が駆け付けたときには全てが手遅れになっていた。

救急車を待っている間、高井はオーナーに電話をかけて指示を仰いだようだ。通話が終了した後、このままマンションを出ていくよう高井は三崎に告げた。ちょうどトレーニングの終了時刻を迎えており、今後の対応はマネージャーから伝えると言われた。

三崎が警察と話したのは、翌日の一度のみ。別室でトレーニングをしていただけで、何も見聞きしていない――。一貫して無関係を装うことを、マネージャーに強く求められた。

『罪に問われることを恐れたわけじゃないですよね』

「そうだね。彼女がバーベルを落としたわけじゃないなら、この件で犯罪が成立する余地はほとんどない。世間からのバッシングを恐れたんだと思う」

『密室で若い男女が二人きり。本人が否定しても、言われ放題だろうなあ』

成宮拓真も三崎香蓮も、大勢のファンがいる人気アイドルだった。罪に問われなくても、苛烈《かれつ》な批判に晒《さら》されたはずだ。芸能活動に影響を及ぼすことも容易に想像できる。

「成宮くんの事務所も、三崎さんと一緒にいた事実を公表されることは望んでいなかった。つまり、双方の事務所にとってウィンウィンの偽装だったんだ。あとは、スケープゴートの高井を納得させれば、誰かが口を割らない限り真相を隠し通せる」

『お金ですか』

「三崎さんも、そこまでは把握していなかった。でも、その可能性が高いと僕は思った」

『何だかなあ……。結局、大人の都合じゃないですか』

「アイドルとして生き延びるメリットはあったんだと思う」

『本人がそれを望んでいれば、ですよね』

生前の成宮の活躍を紹介する報道や、ＳＮＳでのファンの嘆きを、三崎はどんな想《おも》いで眺めていたのだろう。

「三崎さんが警察で同じ話を繰り返せば、そのまま受け入れられる可能性が高い。不自然な説明ではないし、関係者が口を噤んだ理由も納得できる」

『問題は、成宮くんが成仏していないことですね』

死者のルールありきの疑念だが、無視することはできなかった。

「三崎さんが嘘をついているようには見えなかった。何かを見落としているんじゃないか。そう思って、シャフトが落下した後の出来事を、改めて一つずつ確認していった」

『検事の取り調べ……。印藤さんの本領発揮ですね』

僕が三崎に質問を重ねても、深夜に止められることはなかった。

「バーベルを持ち上げられなかった。最初はそう言ってたけど、正確には、まずシャフトを退《ど》かそうとして、びくともしなかったから、プレートを外そうと試みたらしいんだ」

『プレート?』

「ベンチプレスは、シャフトの両端にプレートを取り付けて、重量を調節する。シャフトが細長い金属の棒で、プレートは鉄製の円盤」

『ああ。イメージできました』

「傾いたときにプレートが滑《すべ》り落ちないように、シャフトに留め具をつけて固定する必要がある。三崎さんは留め具の外し方がわからず、成宮くんを救うことができなかった」

『だからと言って、責任を問うのは酷ですよね』

僕も一時期パーソナルジムに通っていたが、トレーニング器具の設置はトレーナーに任せていたので、留め具の外し方を自信をもって答えることはできない。

「重要なのは、そのときに三崎さんが見た光景だった。『端《はし》に取り付けられていた分厚い赤のプレートだけでも外したかった』。そう言ったんだよ」

『……それが？』

「この発言から、少なくとも二つの事実が読み取れる。シャフトには二個以上のプレートが取り付けられていたこと、その一つが赤いプレートだったこと、この二つだ」

『バーベルの重量は、八十キログラムだったんでしたっけ？』

何かに気が付いたように、架橋は言った。

「うん。そして、シャフトの重量は二十キロだった」

『じゃあ、両端に三十キロずつのプレートが取り付けられていたはずですよね』

「プレートの重量は、成宮くんが把握していた。今回のパーソナルジムでは、カラーごとに重量が異なるプレートを使っていたらしい。緑が十キロ、黄色が十五キロ、青が二十キロ、赤が二十五キロ」

『それだと……、赤を使うと三十キロにできませんよね』

赤のプレートの重量は二十五キログラム。十キログラムの緑と赤の組み合わせだったとしても、片側のプレートだけで三十五キログラム。シャフトの重量も加えると――、九十キログラム（三十五×二＋二十）になる。

「五キロ以下のプレートはトレーニングルームになかった気がすると、成宮くんが教えてくれた。もちろん、記憶違いの可能性もある。だけど……、僕の認識とも合致しているんだ。実況見分調書に、バーベルの写真が添付されていた。そこに写っていたシャフトには、青と緑のプレートが取り付けられていた」

『二十キロの青と十キロの緑なら、三十キロになりますね』

現場に駆け付けた警察官が保全した状況から、成宮の首に落下したバーベルの重量は八十キログラムと判断したのだろう。

「三崎さんの見間違えでも、僕や成宮くんの記憶違いでもない。そう仮定すると、落下直後と実況見分時で、プレートの組み合わせが変わっていたことになる」

『偽装工作ですか』

「その状態を作り出せた人間は、おそらく一人しかいない」

『トレーナーの高井浩紀』

僕は頷いて、短時間で整理した考えを口にした。

「三崎さんが部屋を出てから、救急隊員が到着するまでの間、事件現場に留まっていたのは高井浩紀だけだった。プレートを外す時間は充分あったはずだ。できる限り痕跡は残したくないと考えて、赤のプレートを加える以外に手を付けなかったとすると、成宮君が持ち上げようとしたバーベルの総重量は、百三十キロだったことになる」

『八十キロと百三十キロじゃ、ぜんぜん違いますね』

「緑と赤を入れ替えたなら百十キロ。青と赤を入れ替えたなら九十キロ……。どれが正解なのかは、高井が口を割らない限りわからない。ただ、成宮くんは普段、八十キロは安定して持ち上げられていたらしい」

『あの日、バーベルをセッティングしたのも、高井さんだったんでしょうか』

「トレーニング中の成宮くんの記憶は、まだ戻っていない。でも、普段は高井があらかじめ器具をセッティングして、メニューをこなしていた。トレーナーを信頼していたなら、重量を確認しないでバーベルに手をかけたとしても不思議ではない」

　バーベルを持ち上げたときに、成宮は違和感に気付いたのではないか。しかし、ラックに戻すことができず、そのまま支えきれず首に落下してしまった。

『ミスの可能性はあると思いますか？』

「別室で待機していたんだから、事故に繋がる危険があるプレートのセッティングは慎重に行っていたはずだ。どちらにしても、成宮くんの認識よりも重いプレートが取り付けられていたなら、責任を負うのはトレーナーだ。ミスなら業務上過失致死、故意なら傷害致死まで成立し得る。罰を受けるべき犯人は、やっぱり存在した」

　オーナーの指示に従ったのも、三崎を部屋から追い出して証拠を隠滅するためだったのかもしれない。スケープゴートを引き受けることで、プレートを取り外す時間を稼いだ……。

三崎から話を聞いたことで、その可能性にようやく辿り着いた。

『わざとだったとして、動機は何だったんでしょうね』

「三崎さんの前で恥をかかせたい。そんな軽い気持ちで、普段より重いプレートをこっそり取り付けたのかもしれない。命を落とすことも予測できたはずだし、同情の余地はないけど。嫉妬、怨恨《えんこん》……。動機はいくらでも考えられる」

『二人に心当たりはなさそうでしたか？』

「うん。二人とも驚いていた。あとは高井に訊くしかない」

『そうですね。朱莉さんも、捜査の進展を待つつもりだと思います』

　ここから先は、死者に頼るのではなく、警察や担当検事の判断に委《ゆだ》ねるべきだ。

「三崎さん、明日、警察に行って全てを話すってさ」

『そこまで覚悟を決めたんですか。自分の嘘のせいで死の真相が明らかにならないなんて、寝覚めが悪いですもんね。でも、勇気が必要だっただろうな』

深夜と直接話したからこそ、出頭する決断に至ったのかもしれない。それ以降の展開を、世間はどのように受け止めるのか。

いずれにしても、高井浩紀が立件される可能性は高くなった。成宮の彼岸への道も繋がったはずだ。

「報告は以上。僕からも、架橋くんに訊きたいことがあるんだ」

『答えられることであれば』

「死者が視えるようになったきっかけはなに？」

『ああ……、なるほど。話すと長くなるので、日を改めてもいいですか。もう少しで、夜が明けます。印藤さん、明日も仕事でしょう？』

「わかった。無理強《むりじ》いはしない」

話題をそらすように、架橋は笑みを浮かべた。

『印藤さんと出会えたことは、朱莉さんにとっても大きな前進だと思います。死者が視える弁護士と検察官――。二人が手を組んだら、これまで手を差し伸べられなかった死者もきっと救える。そんな期待を抱いても神様は怒りませんよね』

もう少しで夜が明ける……。何気なく発した一言だったのかもしれない。

「協力体制を築くなら、隠し事はなしにしてほしい」

『無理強いはしないって言ったじゃないですか』

「他にも、隠してることがあるよね」深夜が成宮にしてみせたように、僕も架橋の上半身を指さした。「どこかで見た服装だと思っていたんだ」

モスグリーンのシャツとパンツ。ツナギの作業服にも見える服装。

『……思い出せました？』

「刑務所の作業着。何度か見学に行ったことがある」

街灯の下で架橋は微笑《ほほえ》んだ。

『僕のこと、脱獄囚だと疑ってるんですか？』

「脱獄囚なら、そんな服装でうろついていないだろう」

『じゃあ、僕は何者だと？』

確かめる方法は、いくつか思い浮かぶ。もっとも確実なのは……。

携帯を取り出して、カメラアプリを起動した。親指でシャッターボタンをタップする。

「君は、服役中に死亡した幽霊だ」

そこに、架橋昴の姿は写っていなかった。

第二章 死者の邂逅《かいこう》

1

『生者のふり、結構自信あったんだけどなあ』

　撮影した画像を見せると、架橋《かけはし》はあっさりと死者であることを認めた。僕には架橋の姿が視《み》えているが、カメラのレンズは夜道しか捉《とら》えなかった。

　誰かが通りかかったとしても、僕が独《ひと》り言《ごと》を言い続けているように見えるはずだ。

「最初に会ったときは気が付かなかったよ」

『二十五年の生者経験の賜物《たまもの》ですね。実際、外見だけだと、死者と生者の区別はつきません。成宮《なりみや》くんみたいに季節外れの服装だとわかりやすいけど』

　架橋が着ているのは、モスグリーンのシャツとパンツのセットアップ。初対面のときは、刑務所の作業着と結び付けることができなかった。

「どうして、生者のふりをしたの？」

『死者が視えるのは朱莉《あかり》さんだけだと思っていたので、少し警戒していました』

「警戒？」

『死者を生け捕りにして売りさばく悪人かもしれないと思って』

「生け捕りにできたら死者じゃない。でも、成宮くんの正体はすぐに白状したよね。おとりに使ったってこと？」

『たしか……、彼の顔に見覚えは？　って訊《き》きましたよね。的外れな答えが返ってきたら、死者の存在自体ごまかすつもりでした。正直、その後は行き当たりばったりです。あれこれ考えるのは得意じゃないので、朱莉さんの判断に委《ゆだ》ねようと思っていました』

「だいぶ振り回されたよ」

架橋と顔を合わせるのは、今日が二回目だ。彼が死者だと最初から気付いていても、この数日間における僕の行動が大きく変わることはなかっただろう。それでも、生死を偽られたことについて思うところはあった。

『怒ってます？』

「勝手に勘違いしただけだから」

僕は生者ですと、架橋が明言したわけではない。

『怒ってる人の台詞《せりふ》じゃないですか。すみません。悪気はなかったんです』

「仲直りの握手もできないしね」

『おお。死者ジョークだ。やりますね』

「一応訊いておくけど、深夜《しんや》さんは生者？」

深夜とも真夜中にしか会っていないが、彼女は三崎香蓮《みさきかれん》と言葉を交《か》わしていた。それに、服装も会うたびに変わっている。

『はい。握手とか写真で確かめてみてください。嫌がると思いますけど』

「じゃあ、日中に会いに行ってみるよ」

自由に動き回っていれば生者だと確認できる。

『あの、印藤《いんどう》さん。どうして、僕が死者だとわかったんですか？』

理由を説明しないまま、話を進めてしまっていた。

「僕とペアを組んでいる検察事務官が、深夜さんのことを知っていた。少し前の話だけど、何度も検察庁に押しかけてきて、捜査のやり直しを求めたらしいね。問題視していたのはどの事件だったか……、忘れていたみたいで、そのときは聞き出せなかった」

『日々、いろんな事件が押し寄せる職場でしょうし』

「真面目《まじめ》な事務官だから、すぐに調べて報告してくれた。ちゃんと、事の顚末《てんまつ》まで含めて。深夜さんが冤罪《えんざい》を訴えていた事件の被告人は、刑務所に収監された後、雑居房で死亡した。死因は突然死と発表されている」

夜空を見上げてから、架橋は目を細めた。

『刑務所で突然死なんて、とことんツイてないですよね。まあ、懲役を免《まぬが》れたわけだから、考えようによってはラッキーなのかもしれませんけど』

事件の内容にはあえて触れず、後日談について補足した。

「深夜さんが検察に押しかけてくるようになったのは、その受刑者が亡くなった後らしい。事件の弁護人を引き受けていたのも、彼女だった」

『印藤さんは、どう解釈したんですか？』

「冤罪は、二人の未来を奪う。そう深夜さんは言っていた」

『僕も何度か聞いたことがあります』

「被告人の人生と、被害者の彼岸への道……。理不尽に命を奪われた被害者は、犯人が裁かれない限り現世に縛りつけられる。それなら、無実の罪で裁かれた被告人に対する呪《のろ》いも、存在するかもしれない」

一度言葉を切り、架橋の全身を眺《なが》めた。

「無実を証明できないまま亡くなった受刑者の幽霊。思い浮かんだのが君だった」

『そんなに悪人面ですか？』

「服装だよ。刑務所の作業着をネットで検索して、確信した」

『その受刑者の名前は、架橋昴《すばる》でした？』

僕がどこまで把握しているのかを確かめるように、架橋は僕の目を見つめている。

「違う名前だったよ。でも、性別や年齢は合っていた」

『死者と生者を繋《つな》ぐ架橋なんて、いかにも偽名っぽいですよね』

「架橋くんの死がトリガーになって、深夜さんは死者が視えるようになったんじゃない？」

『クレームのタイミングとも嚙《か》み合《あ》うわけですね』

「訂正したいところがあれば教えてほしい」

『取り調べを思い出しますね。大丈夫、全《すべ》てあってます』

生前、架橋は刑事や検察官の取り調べを繰り返し受けたはずだ。

死者のルールに従えば、架橋は真夜中以外の時間帯を、刑務所で過ごしていることになる。亡くなってもなお、受刑者のような生活を強《し》いられているのか。

「まだ説明を続けた方がいい？」

『後学のために、ぜひ生者のふりアドバイスを』

「事務所に着いたとき、架橋くんは僕に扉を開かせた。死者しかいない状況なら、ガラスを通り抜けて中に入ればいいけど、そんな姿を生者の僕に視られたら言い訳のしようがない。事務所の中でも言葉で説明するだけで、実際に物に触ろうとはしなかった」

『どうすれば扉を自然に開いてもらえるか、事務所に向かいながらずっと悩んでいました。現世に影響を及ぼせないって、かなり不便なんですよ』

名探偵であれば、事務所での些細《ささい》な違和感から、架橋が死者だとその場で言い当てたのかもしれない。残念ながら、僕は検察官としての思考に囚《とら》われているので、アクロバティックな推理を披露するのは難しい。

主観は信用するな。客観的な事実に立脚して論理を展開しろ——。死者に対しても、同じやり方で向き合うのが正攻法なのだろうか。

「こんなところかな」

『ありがとうございます。とっても勉強になりました』

「事務所の外でも喋《しゃべ》ることができるんだね」

『それが、他《ほか》の死者との唯一の違いです。事務所の椅子《いす》に何度も座っていたら、いつの間にか自由に喋れるようになっていました』

案内人の役割を担っているというのは、本当のことなのだろう。

「二人が一緒に動いているのは、架橋くんが成仏する方法を探るため?」

『朱莉さんは、そうだと思います。正直、僕は現状に満足しちゃってるんですよね。踏んだり蹴《け》ったりの人生だったので、死者の役に立てているなら充分かなって。真夜中だけでも、朱莉さんと過ごす時間は楽しいんです』

架橋が成仏するには、罪を免れたままでいる真犯人を裁く必要がある。

しかし、架橋の有罪判決は既に確定している。事件の再捜査が実施されるとしたら、再審請求が認められた後だろう。本人が死亡しているため、再審請求は一部の遺族と検察官しか申し立てられない。再審の扉には、強固な鎖《くさり》が何重にも巻きつけられている。

「僕も協力するよ」

『どっちに？　僕はまだ成仏したくないんですけど』

「それが本心なら無理《むり》強《じ》いはしない。検察官として、死者と向き合う手助けがしたい」

『僕たちのこと、信用してくれるんですか？』

「成宮くんを成仏させるために動く君たちを見て、僕にもできることがあるんじゃないかと思った。生者のふりをしていたのも、深い意味はなかったとわかったし」

『改めてすみませんでした』

他にも隠していることがあるのかもしれないが、信頼関係を築けるか否かは時間を掛けて見極めていけばいい。仕事柄《がら》、裏切られることには慣れている。

「それに、僕も二人の力を借りたいことがある」

『いいですね。与えられるだけの関係は朱莉さんも好まないので、持ちつ持たれつでいきましょう。ギブアンドテイクです。それで……、具体的には？』

「話すと長くなるから、日を改めるよ」

『そろそろ夜が明けますしね』

ずいぶん話し込んでしまった。このまま日の出を待って、死者がどのように消えるのかを確かめたいとも思ったが、それが適切な死者の見送りであるのかわからず、今日のところはおとなしく立ち去ることにした。

『おやすみなさい、印藤さん』

「……おやすみ」

無実の罪で収監された架橋が死亡したことで、深夜は死者が視えるようになった。

誤った罰——冤罪が、生者と死者を繋げるトリガーなのだとしたら。

貯水池のほとりで立ち尽くしている女子高生。有罪判決が宣告されたのに、彼女は成仏しなかった。

役割は果たした。そう思い込んで前に進もうとしていた。

僕が、彼岸への道を絶ってしまった。

この目は、冤罪を導いた罰なのかもしれない。

2

プレハブ小屋の臨時執務棟での勤務が始まってから、一週間以上が経《た》った。

数日間は、パソコンの設定や荷物の整理で時間が過ぎていったが、いよいよ手持《ても》ち無沙汰《ぶさた》になってきた。『監察指導課特別監査係』の業務内容は、いまだ明かされていない。

定時退庁の美徳を日頃から主張している今瀬《いませ》は、これ幸いと夕刻からの予定を詰め込んでいるようだが、激務に慣れてしまった僕の身体《からだ》が順応するには時間が掛かりそうだ。

「成宮くんの件、聞きました？」

タンブラーの蓋《ふた》を閉めた今瀬が、思い出したように口を開いた。

「うん。三崎香蓮が、事件現場にいたって認めたらしいね」

「びっくりですよ。開いた口が塞《ふさ》がりませんでした」

約束どおり、三崎は警察に出頭して把握している情報を打ち明けた。さらに、マネージャーにも相談せず、『事情聴取において事実に反する受け答えをしたことで、捜査関係者に多大なご迷惑をお掛けしてしまいました』と、SNSで謝罪のコメントも投稿したらしい。

「ショックだった?」

「二人が会っていたことについては、それほど。むしろ、ちゃんと公表していたら好感度も上がったと思いますよ。子役から応援していたファンも多かっただろうし」

「嘘《うそ》をついたのがマズかったと」

「聖人君子じゃないんだから、誰だって嘘はつきます。でも、大切な人の最期を偽るような嘘は許されないと思います。いろいろ事情があったことは想像できますが、どんなに言葉を尽くしても納得は得られないんじゃないかな」

「批判は覚悟していたと思うよ」

所属事務所は沈黙を貫《つらぬ》いているが、二人の密会をサポートしていたことや、事件への関与を否定するような指示を出したことについて、公に認める可能性は低いだろう。

事務所が味方しなければ、三崎は一人で矢面《やおもて》に立たされる。

「まあ、一番最低なのはトレーナーですけど」

「同意する」

「あり得ないですよ。厳罰に処すよう署名を集めたいくらいです」

「それは同意しない」

「被害者遺族に寄り添うのも検察官の使命です」

三崎は、トレーニングルームで見た光景を、正しく警察に伝えてくれた。シャフトの端《はし》に取り付けられていたのは、赤いプレートだった——。その供述の重要性に気付いた刑事が、改めてトレーナーの高井《たかい》を追及し、やがて口を割らせた。

三崎が部屋を出ていった後、高井は赤と緑のプレートを付け替えた。落下時、バーベルの総重量は八十キログラムではなく、百十キログラムだったのだ。

「動機についても、何か聞いた？」

「筋肉がどうとか言ってるみたいですけど……」今瀬は眉《まゆ》をひそめた。

「成宮くんには、筋トレの才能があったんだってさ。短期間でバランスよく筋肉がついて、ウェイトトレーニングの重量もどんどん上がっていった。それなのに、三崎さんと会うようになって、筋トレ熱が一気に下がった。せっかくの才能がもったいない。そう考えた高井は、筋肉の衰えを実感させるために、プレートを付け替えた」

「まったく理解できません」

「安定して持ち上げられていた重量で失敗したら、筋トレ熱が再燃するとでも思ったんじゃない？」

「プレートを見たら気付くじゃないですか。それに、今回の結果も予測できたはずです」

「救われないよね——、成宮くんも、三崎さんも」

取り調べの状況は、担当検事から聞き出すことができた。ここまでの供述内容を調書にまとめれば、高井を起訴することは難しくないだろう。

事件の見通しや高井の処遇について今瀬の質問に答えていると、扉が開く音がして、意外な人物が入ってきた。櫛永正紀《くしながまさのり》――、検事正に次ぐ折笠《おりかさ》地検ナンバーツーの次席検事である。プレハブ小屋での勤務は、彼の口から言い渡された。

「お疲れさま。ああ、座ったままでいいよ」

立ち上がろうとした僕や今瀬を右手で制して、櫛永次席は室内を見回した。髪も口髭《くちひげ》も白く染まっていて、年齢も五十代に差し掛かっているはずだが、スーツを着ていてもわかるくらい身体が引き締まっている。

「荷物は片付いたみたいだね。執務室としては充分な広さがあると思うけど、何か足りないものがあれば言ってほしい」

今瀬はひざ掛けを軽く持ち上げながら、「エアコンを取り付けてほしいです。できれば、年内に」と答えた。相手が誰であっても物怖《ものお》じしない性格である。

もともとは倉庫として利用していた場所なので、換気設備しか設置されていない。異動初日から、今瀬は「寒いし乾燥してるしあり得ない」と不満を口にしていた。

「わかった。総務課に掛けあってみよう。印藤くんは？」

「特にありません」

業務内容も明かされていない状態で、必要な備品の回答を求められても困る。

「こんな場所に追いやられたこと自体が不満？」

「そんなふうに見えますか？」

「いや、ポーカーフェイスだから何も読み取れない。私だったらどう思うか想像して話しているだけだよ」

「異動理由を説明していただければ、納得できるかもしれません」

「悪役を引き受けるのも上司の役割らしい」

二十四歳で検事に任官してから、約六年が経過した。最初の五年間は、大規模庁と地方の検察庁を行き来しながら、新人検察官として研鑽《けんさん》を積み、最低限の実務経験を身につけた。そして、一人前の検事と認められるのが六年目以降であり、そこからは希望や適性に応じて十人十色のルートを歩み始める。

さまざまなキャリアパスを思い浮かべていたが、駐車場の一角のプレハブ小屋で暇を持て余すことになるとは、さすがに想像していなかった。

「印藤さんが折笠地検に来る前から、お二人は知り合いだったんですよね」

今瀬が会話に割って入ってきた。

「司法修習からの付き合いだから……、もう七年になるのか」

「そうですね」よく覚えているなと思いながら答えた。

司法試験の合格者は、約一年間の司法修習を終了した後、法律家として実務に出ることが認められる。司法修習のうちの約八ヵ月間は、全国各地のいずれかの実務庁に配属されるのだが、検察修習での指導教官が櫛永次席だった。

「私が印藤くんを検事に引き抜いたんだよ」

「えっ、知りませんでした」

今瀬が、僕と櫛永次席の顔を交互に見た。

「実務修習の終わり際に、検察官に興味はないかい？　と声を掛けた。大学を卒業して間もない年齢だったし、あの頃はもう少し喜怒哀楽がはっきりしていた気がする」

「想像できませんね」

感情表現の変遷はともかく、櫛永次席が僕を検察官の道に引き込んだのは事実だ。民間事業者の弁護士とは異なり、公務員の裁判官や検察官は、予算の兼ね合いで年間に採用できる人数が実質的に決まっている。そこで、めぼしい人材に対しては、実務修習中に指導教官が声を掛けて、任官の意向の有無を確認するという採用活動が実施されている。

「僕がどう答えたか、覚えていますか？」

そう訊くと、「検事には向いていないと弱気だったね」櫛永次席はすぐに答えた。

「修習生の中で僕だけが、勾留《こうりゅう》満期までに被疑者の処遇を決めることができませんでした。リクルートされたときも、人違いかと思ったくらいです」

当時の検察修習では、実際の事件を各修習生が担当して、資料を精査した上で取り調べを行い、被疑者を起訴するか否かを指導教官と共に判断していた。被疑者を逮捕勾留している事件では、最長でも二十三日間で処分を決定しなければならない。

僕は期限までに処分を決め切れず、呆《あき》れられることを覚悟して報告した。

「被疑者の身体の自由を侵害する身柄拘束は、できる限り短期間で解かなければならない。二十三日間のタイムリミットは、捜査実務に精通した検察官の処理能力を前提にしている。修習生が楽々と処理できるのなら、そちらの方が問題だと私は思う」

「間に合わないよりは、間に合った方がいいのでは？」

フォローされているはずなのに、なぜか反論してしまった。

「時間を短縮するテクニックならいくらでも教えられる。だけど、被疑者と向き合う姿勢を教えることは難しい。技術というより精神論だからね。あのときの修習生の中で、印藤くんだけが、修習の成績や評価とは無関係に、被疑者の処遇を真剣に考えているように見えた。そこに興味を持ったんだ」

「ぎりぎりまで処分を悩む悪癖は、今も直っていません」

「それで納得のいく結論を出せているなら、何も問題はない」

「試行錯誤中です」

検察官が納得して処分を下しても、判断ミスによって被疑者の人生を歪《ゆが》めてしまったのであれば、自己満足どころか人権侵害に他ならない。そして僕は、深夜や架橋と出会ったことで、冤罪を確かめる方法を知ってしまった。

「他の検事も、誰かしらに一本釣りされて任官しているんですか」

今瀬が尋《たず》ねると、櫛永次席は顎《あご》を撫《な》でた。

「そのパターンが多い」

「誰に声を掛けられたかによって派閥ができそうですね」

「二十年以上の検事人生の中で、私が引き抜いた修習生は二人だけだよ」

「へえ。選び抜かれし精鋭ですか」

「一人は印藤くん。もう一人が、桐崎逸己《きりさきいつき》だ」

予想外の名前が飛び出したので、僕と今瀬は顔を見合わせた。

「桐崎さんも、次席が」

「折笠地検に集まったのは偶然だよ。私が呼び寄せたわけでもない。彼も志が高い検事だったから、良い影響を及ぼし合《い》うことを期待していたけれど」

「……そうですか」

「あんな事件を起こすとはね、驚いたよ」

桐崎逸己は、折笠地検の検事だが、現在は自宅待機を命じられている。

証拠隠滅と事件の揉《も》み消《け》しという――、検察官の職務に正面から反する非違行為に及んだ疑惑をかけられているからである。

「これは雑談ですか？」僕は櫛永次席に訊いた。

「いや、本題に入りつつある」

『監察指導課特別監査係』。部署名を聞かされたときから、嫌な予感はしていた。

何を監察指導するのか。思い浮かぶ候補は限られていた。

「そろそろ業務内容を教えていただけませんか」

事件の捜査や取り調べを行い、被疑者を起訴するか否かを判断する捜査部。起訴した事件の裁判に立ち会い、必要な主張立証を法廷で追行する公判部。検察官の代表的な職務は、この二つに大別できる。

どちらも、異動が決まった際に手持ち案件を取り上げられてしまった。

「今、折笠地検は窮地に立たされている。通常の業務すらままならないほどだ。二人とも、身をもって感じているだろう」

「だからこそ、現状に危機感を覚えています」

「失った信用を取り戻すのは、ゼロから積み上げるよりもずっと難しい。淡々と事件を処理していくだけでは状況は変わらないと、私や検事正は考えている。国民は我々に何を求めているか。一つは、納得のいく説明だろう」

「記者会見は既に実施しました」

マイクを握って事の経緯を説明したのが、櫛永次席だった。

「一人の検察官の暴走という乱暴な説明では、国民の理解はとうてい得られない。組織としてなぜ未然に防ぐことができなかったのか。膿《うみ》を出し切るには、被疑者と同じくらい――、いや、それ以上に厳しい視線を、身内に対しても向けなければならない」

「言っていることはわかりますが……」

「検察官は、被疑者を正しく裁いているか。検察の正義の根幹が揺らいでいるんだ」

「僕たちに何をさせるつもりですか」

「桐崎逸己を起訴するべきか。彼を取り調べて判断してほしい」

それが最初の業務だと、僕たちは命じられた。

3

検察官は、被疑者を正しく裁いているか――。

罪人を裁くのは裁判官であって検察官ではない。法学部生の頃であれば、深くは考えずにそう答えていただろう。確かに、刑事裁判で有罪判決を宣告する権限は、裁判官にしか与えられていない。検察官が担っているのは、判決までの道案内の役割に留まる。

しかし、全ての被疑者が、刑事裁判という終点に連れていかれるわけではない。むしろ、道中で解放される者の方が多いくらいだ。

裁判に至るまでの一連の手続は、オーディションの選考過程に似ている。

オーディションでは、まず書類選考で応募者をふるいにかけ、面接や実技審査を実施して段階的に絞り込んでいくのが一般的な流れだろう。警察の捜査においても同じような過程を辿《たど》ることが多い。すなわち、捜査資料の精査や事情聴取によって、参考人を次のステージに進出させるかを判断しているのである。

ステージを通過した重要参考人は、被疑者と呼ばれるようになる。そして、オーディションでいうところの最終候補者が被告人であり、最終審査会場が刑事裁判の法廷だ。

参考人をふるいにかける第一ステージの審査員は警察が主に担うが、被告人を選出する第二ステージの審査権限は、検察官にのみ与えられている。

警察が目を付けた参考人のうち、一次選考を通過した者が被疑者として検察に送致され、二次選考も通過した者が被告人として起訴される……、という流れである。

公開オーディションの法廷で審査員の役割を担うのが、裁判官だ。

道中のステージを全て通過した最終候補者だけが、裁判官の口から合否を直接告げられる。この場合の合格は、有罪判決と理解するべきであろう。

このように、刑事裁判においては、捜査（参考人）、逮捕（被疑者）、起訴（被告人）、判決宣告……と、徐々に通過者が絞り込まれていく。

オーディションの選考経過に似ている一方で、明確に異なる点が一つある。

合格を告げられる最終候補者の割合である。

十人の候補者のうち九人が最終合格する公開オーディションは、果たしてイベントとして成立するだろうか。必ず一人が落選すると決まっているなら見どころもあれど、十人全員が合格するパターンの方が圧倒的に多いとしたら？

日本の刑事裁判においては、十人中九人どころか——、千人中九百九十九人に有罪判決が宣告される。これが、有罪率九十九・九パーセントから導かれる帰結である。

最終候補者の半分以上が落選するオーディションなら、審査員が合格者を選出するという触れ込みに嘘偽りはないだろう。しかし、九十九・九パーセントの確率で合格するとしたら、審査員は〝お墨付き〟を与えるだけの存在とみなされかねない。

〇・一パーセント以下の確率であっても〝無罪判決の可能性が残されている以上は、裁判官の存在意義を否定するべきではない。オーディションの落選とは異なり、「運が悪かった。次またがんばろう」と切り替えられる結果ではないからだ。

ただ、有罪率九十九・九パーセントの事実に鑑《かんが》みれば、第二ステージで最終候補者を選出する検察官も、裁判官に先んじて被疑者を裁いていると言い得るのではないか。

それでは、最終候補者に選出される割合はどれくらいなのか？

被疑者が辿るルートは、基本的には起訴か不起訴の二通りしかない。起訴されたら被告人として裁判を受けることになり、不起訴になれば社会復帰が認められる。前者が最終候補者への選出を意味するわけだが、その割合は約四十パーセントと言われている。

つまり、被疑者のうち二人に一人以上は〝刑事裁判の法廷まで辿り着くことなく、途中で脱落するのだ。九十九・九パーセントの確率で有罪判決が宣告される刑事裁判に比べれば、選出率に雲泥の差がある。

起訴された被疑者は、裁判手続によって厳重なチェックを受けることになる。その一方で、不起訴処分となった被疑者は、一部の例外を除いて再度の審査には付されない。

被疑者本人は、刑務所行きや罰金の支払いを免れるのだから、不起訴処分を蒸《む》し返《かえ》すことは望まないだろう。しかし、被害者や遺族の想《おも》いは？　容疑者が逮捕されたと知ってようやく安心していたのに、起訴は見送ったという報告を受けたら何を考えるか。

やむを得ない不起訴処分が大多数を占めるが――。

検察官が不当に不起訴を選択すれば、犯罪者を社会に解き放つ事態を招いてしまう。

刑事司法制度を概観すれば自明であるはずの帰結が、これまでは問題視されてこなかった。有罪率に比べて、起訴率が着目されることもほとんどなかった。

この一ヵ月半の間に、不起訴処分や起訴率を解説する報道を何度目にしたことだろう。

検察組織に対する国民の信頼が、揺らいでしまったからだ。

一人の検察官が起こした不祥事によって。

＊

桐崎逸己には、ストーカー事件を隠蔽《いんぺい》した疑惑がかけられている。

ストーカーと一口に言っても、法律で規制の対象となっている行為は、つきまとい、監視、復縁の強要や無言電話など、多種多様だ。

折笠県警では、生活安全課がストーカー被害の対応窓口となっている。何度か連絡を取り合ったことがあるが、柔和な雰囲気の職員が多く、捜査一課の刑事とは対照的な印象を受けた。加害者を必要以上に刺激しないように注意しながら、被害者を守らなければならない。繊細なバランス感覚が求められる部署だと、ベテランの副検事が話していた。

殺人や殺人未遂といった凄惨《せいさん》なストーカー事件が起きるたびに、捜査機関の対応や法整備の不備が非難され、ストーカー規制法は改正されてきた。

二〇一三年改正では電子メールの連続送信、二〇一六年改正ではSNSでのメッセージの連続送信やブログへの執拗《しつよう》な書き込み、二〇二一年改正ではGPS機器を用いた位置情報の無承諾取得……。

多様化するストーキング行為に対応するために、規制対象が次々と追加されていった。その結果、ほとんどの嫌がらせは取り締まることができるようになったが、相談件数に比して検挙件数が極端に少ないストーキング類型が存在する。

それが――、ネットストーキングだ。

SNSで交際を求めるコメントを執拗に送り付ける、インターネット掲示板に誹謗《ひぼう》中傷の書き込みを残す、何百通もの脅迫メールを送信する。

いずれもストーカー規制法で禁じられているが、ネットストーキングにおいては匿名性という厄介な問題と向き合わなければならない。

匿名でアカウントを作成したとしても、IPアドレスやアクセスログといったネット上の痕跡《こんせき》が残っていれば、投稿者に辿り着くことも期待できる。しかし、その作業を進めるには専門的な知識が必要不可欠であり、ログの保存期間といった時間的制約も大きい。

専門部署であるサイバー犯罪対策課の人員も限られているため、処理が追いついていないのが実情だ。その結果、被害相談の取捨選択が行われてしまっている。

殺害予告や不正送金などの緊急性の高い事案を優先せざるを得ず、嫌がらせに留まっているネットストーキングは、なかなか被害届が受理されない。

身の危険や恐怖心を訴えて納得しない被害者に対しては、「投稿者を特定できた場合は、捜査を進められるかもしれない」と告げることが珍しくない。

言い換えれば、「犯人捜しは被害者自身に任せる」という無責任な回答である。

この対応は改めるべきだと、僕は考えている。確かに警察が動かなくても、弁護士に依頼して発信者情報開示手続をとれば、投稿者に辿り着ける可能性はある。だが、容疑者の特定も捜査機関の役割であり、それを被害者に任せるのは職務放棄とみなされても仕方ない。

交通事故に巻き込まれて、運転手がその場から逃げ去ったとする。通報を受けて駆けつけた警察官が、「ひき逃げ犯を特定できた場合は、捜査を進められるかもしれない」と被害者に告げるかと言えば——、答えはノーだ。

ひき逃げ犯の特定と投稿者の特定の間に、実質的な違いはない。

それにもかかわらず、専門知識や捜査人員などのリソースを理由に両者の扱いを区別しているのであれば、被害者の納得を得られるはずがない。

そして、桐崎逸己が揉み消したとされているのも、ネットストーキングの事案だった。

被害者の成瀬静寧《なるせしずね》は、清樹《せいじゅ》大学看護学科に通う大学一年生であり、半年ほど前に折笠県警の生活安全課を初めて訪れている。

入学してから、約一ヵ月後、看護学科の全学生が登録しているメーリングリスト宛《あ》てに、一通のメールが送信された。

『看護学科一年の成瀬静寧は、デリヘルで毎日おっさんにご奉仕している。証拠写真も添付。呼び出したい人はこちら』

添付された画像には、ピンク色のナース服を着た成瀬静寧が写っていた。

さらに、末尾にはツイッターのリンクが設定されており、プロフィール欄には、『現役女子大生のN瀬S寧です。お店では、まおって名乗ってます。えっちな写真をたくさん載せていくので気に入ったら指名してください』と記載されていた。

そのアカウントは、ナース服を着た全身写真と、顔の一部にモザイク加工を施した自撮り写真を交互に投稿していた。さらに、定期的に風俗店の公式アカウントの投稿をリツイートしており、その店には〝まお〟という女性が実際に在籍していた。

要するに、成瀬静寧が風俗店で働いていることを暴露するメールが、全学部生に突然送り付けられたのである。しかし、そのほとんどが事実無根のでっちあげだった。

ナース服を着た写真は成瀬静寧本人で間違いなかったが、彼女がアルバイトスタッフとして働いていたのは、コンセプトカフェ――コンカフェだった。店舗が設定した世界観に合う衣装を着たスタッフが接客するのがコンカフェであり、メイドがテーマならメイドカフェ、巫女《みこ》がテーマなら巫女カフェ、ナースがテーマならナースカフェとなる。

風俗営業許可を取っていない店では、接待やスキンシップは禁止されている。成瀬静寧が勤務していたナースカフェでも、接客を超えるサービスは提供していなかったという。

風俗店で働いている〝まお〟と成瀬静寧は別人で、モザイク加工やプロフィールなどによって同一人物のように見せかけていた。店舗を利用すれば別人だと発覚したはずだが、実際に出向いた学生はいなかった。

電話番号もツイッターで晒《さら》されて、何十件も悪戯《いたずら》電話がかかってきた。

自分のあずかり知らないところで肩書が捏造《ねつぞう》され、好奇や蔑《さげす》みの視線を向けられる。身の危険を感じて県警に駆け込んだが、担当者は被害届の受理に難色を示した。

投稿者を特定できたら――。

追い込まれた成瀬静寧は、弁護士に発信者の特定を依頼した。いわゆる〝なりすましアカウント〟によるツイッターの投稿に関してけ、開示請求が認められる可能性が高い。

そして、多額の弁護士費用と引き換えに、なりすましアカウントの正体が明らかとなった。一連のツイートを投稿していたのは、見ず知らずの中年男性だった。

男は探偵を自称していたが、猫探しや浮気調査だけではなく、ターゲットを精神的・社会的に追い詰める復讐《ふくしゅう》代行も請け負っていた。問い合わせのあった依頼者から事情を聴取した上で復讐計画を立案する。成瀬静寧に対するインターネット上での嫌がらせも、復讐代行の依頼を受けてなされたものだった。

海外のサーバーを経由して投稿者に辿り着けないようにする、他人の個人情報を悪用して通信キャリアと契約する。そういった偽装は一切用いられておらず、依頼者の希望に応じて嫌がらせを繰り返しているだけの……、かなりお粗末《そまつ》なやり方だった。

探偵業の届出や登録をしているわけでもなく、守秘義務という最低限のルールすら知らなかったようで、あっさりと依頼者の情報を明らかにした。

やり取りは全てメールで、ターゲットの個人情報や実施時期、費用といった必要最小限の内容しか記載されていなかった。徹底的に追い詰められるのであれば、やり方は問わない。その結果、風俗店で働いているという偽情報が拡散されるに至った。

依頼者に繋がる情報は、メールしかなかった。使用されていたのはフリーメールアドレスだったが、ここまで被害者がお膳立《ぜんだ》てを整えたこともあって、警察も本腰を入れて依頼者を突き止めようとした。

ほどなくして、一人の容疑者が浮かび上がった。

成瀬静寧とは異なる大学の法学部四年生――、古河祐也《ふるかわゆうや》である。

メールアドレスを取得した際に登録した携帯電話番号がプロバイダーから開示され、通信キャリアの契約者情報に古河祐也の名前が記載されていた。

成瀬静寧と古河祐也は短期間ではあるが交際関係にあった。特に揉めることもなく平穏に別れたので、一連の嫌がらせに関《かか》わっているとは考えていなかったという。

実行犯の中年男はともかく、古河祐也を逮捕するには証拠が足りていなかった。何者かが携帯電話番号を無断で用いた可能性が排斥できないからだ。言い逃れる余地をなくすには、メールアドレスを実際に使用したことを裏付ける証拠が必要だった。

捜索差押許可状を取得すれば、パソコンや携帯のデータを強制的に確認できる。

令状請求に向けて古河祐也の身上調査が行われたが、その過程で上層部からストップが掛かった。

被疑者の母親——古河麻美《あさみ》が、折笠地裁刑事部の部総括判事だと判明したからだ。

部総括判事は、裁判長として裁判手続を取り仕切るだけではなく、刑事部、民事部などの各裁判部を束《たば》ねながら事務局の決裁権限も有する……、いわゆる部長職である。

捜索差押許可状の発付を受けるには、裁判所に令状請求書を提出しなければならない。その審査を行う部署のトップが、古河麻美だった。

捜索差押においてもっとも注意しなければならないのは証拠隠滅だ。今回の場合は、母親が裁判所で待ち構えている以上、被疑者の目を欺くのは困難な状況にあった。

正面突破を迅速に遂行するために、捜査関係者は水面下で動いていたらしい。捜査情報の共有も、県警と地検の一部の職員間でのみ行われた。

一通りの捜査を終えた後、警察は満を持して裁判所に令状請求書を提出した。令状担当者の名簿を事前に確認して、古河麻美が関与できないタイミングを見定めたと聞いている。

無事に令状の発付を受けて、古河祐也の自宅で捜索差押が実施されたが、パソコンや携帯に件《くだん》のメールアドレスを使用した痕跡は一切残されていなかった。復讐代行を依頼したことを裏付ける証拠も見つからず、捜索差押は空振りに終わってしまった。

数日後、県警の生活安全課を訪れた成瀬静寧は、示談書を提出した。

――古河祐也は、成瀬静寧に対し、本件に関する示談金二百万円を支払う。

――成瀬静寧は、本件示談金を受け取り、本件につき古河祐也を宥恕《ゆうじょ》する。

――成瀬静寧は、古河祐也に対し、捜査機関に刑事処罰を求めないことを約束する。

宥恕とは、寛大な心で許すことを意味する。

ストーカー規制法違反であれば、被害届が取り下げられた場合でも被疑者を立件することはできる。しかし、被害者の協力を得られなければ、ストーカー行為の立証は困難になる。客観的な証拠のみで、犯行の全容を明らかにしなければならないからだ。

頼みの綱であった捜索差押も功を奏さなかった。このタイミングであれば、警察の落ち度ではなく、示談が成立したから立件を見送ったと説明できる。

手仕舞いの方向で警察は動いていたはずだが、そこで再び上層部からストップが掛かった。桐崎逸己が、情報漏洩《ろうえい》と証拠隠滅を行った疑惑が浮上したのである。

担当の警察官から捜査の進め方に関する相談を受けていたのが、桐崎逸己だった。

捜査の進捗《しんちょく》状況を確認するために、県警と地検では証拠書類の授受が頻繁に行われる。記録は残っているが、信頼関係を前提としたやり取りなので、コピーや写真撮影程度であれば怪しまれずに実行できてしまう。

さらに、示談書の作成日付の一週間前に、桐崎逸己と古河麻美は料亭で食事を共にしていた。逮捕が目前に迫っていることを伝え、示談書の作成を促《うなが》した……。録音データが公開されたわけではないが、状況証拠の存在はいくつか明らかにされている。

令状請求、公判手続での釈明、判決の主文。刑事部の裁判官と検察官は、それぞれの事件を処理する過程で何度も顔を合わせ、必要に応じて意見も述べる。良好な関係性を築くことの重要性は、多くの検察官が実感しているはずだ。

ほどなくして、折笠県警が記者会見を開き、事案の概要を明らかにするに至った。

県警からすれば、担当検事の暴走によって冷や水を浴びせられ、〝捜査機関の不祥事〟と一括《ひとくく》りにされたことに、耐え難《がた》い屈辱を感じているだろう。

部総括判事に便宜を図るために、ストーカー事件を揉み消した――。

地検内部でも情報が錯綜《さくそう》し、検事正は固く口を閉ざした。

それから約一ヵ月半。警察や事件関係者との関係性は、日を追うごとに悪化していった。庁舎や官舎の前に記者が張り込み、執拗にコメントを求められた。組織ぐるみの隠蔽工作が疑われ、事務局には専用の問い合わせ窓口が設置された。

古河祐也も、桐崎逸己も、いまだ逮捕や起訴には至っていない。

不起訴で事件を終局させる……。その判断を国民が受け入れるとはとうてい思えなかった。

4

その日僕は、初めて日中に深夜法律事務所を訪れた。

『深夜法律事務所』と印字されたアルミプレートを隠すように、ラミネート加工された紙が貼《は》られていて、そこには『喫茶店　まよなか』と書かれていた。

なんだこれはと思いながら中に入ると、看板に偽りなしの光景が広がっていた。テーブルに客の姿は見当たらなかったが、エプロンをつけた深夜がカウンターらしき場所に立って、コーヒーをドリップで淹《い》れていたのだ。

三度ほど真夜中に訪れている場所だが、窓ガラスから差し込む陽光、コーヒーミルが豆を挽《ひ》く音、控《ひか》え目《め》なジャズのBGMによって、別の空間のような印象を受けた。

「こんな時間に、珍しいね」

特段驚いた素振りも見せず、深夜は天板に手をついた。

「昼間は喫茶店を開いてるの?」

「なんだ。昴に聞いて、コーヒーを飲みにきたのかと思った。もしかして、私が生きてるか不意打ちで確かめにきたとか?」

「それも一つの目的」

僕が架橋を死者だと見抜いたことは、深夜に報告されているのかもしれない。日曜日の昼過ぎ、ようやく日中に時間ができたので、散歩がてら事務所に立ち寄ってみた。

「見てのとおり、コーヒーを嗜《たしな》むのは生者の特権」

深夜はコーヒーカップを口元に近づけた。死者は、カップを持ち上げることも、コーヒーを喉《のど》に流し込むこともできない。

カウンターに近いテーブル席に僕は座った。

「日中は普通の弁護士業をしているんだと思ってた」

「休日限定の喫茶店ってわけでもないよ。弁護士登録は抹消していないけど、生者の依頼はほとんど受けてない。開店休業中ってこと。ちょっと意味が違うか」

「どうして……、喫茶店?」

「これまた見てのとおり、慢性的に寝不足なんだよね」

深夜は、人差し指を目の下に当てた。コンシーラーでも隠すのが難しそうな濃いくまが、両目に居座っている。

「死者の相手をしてるから?」

「そうそう。非常識な時間に来ないでなんて、冗談でも彼らには言えないでしょ。昼夜逆転生活を送ればいいと思った? 死者を相手にしても、基本的にお金にならないからね。別の仕事で生計を立てなくちゃいけない」

「喫茶店を選んだ理由がわからないんだけど……」

刑事弁護人としての実績があることは、今瀬から話を聞いたので知っている。この場所も、もともとは法律事務所として使用していたはずだ。

「真夜中の眠気対策で、カフェインを頼るようになった。紅茶、エナジードリンク、カフェイン錠――。いろいろ試して、コーヒーに落ち着いた。どうせなら、味にも拘《こだわ》りたい。そんなこんなでのめり込んだ結果、喫茶店を始めることに。以上」

「重要なところを省略しただろ」

今日の深夜は機嫌が良さそうだ。気分屋な性格なのだろうか。

「昴に勧められたんだよ。死者の手助けばかりしてると気が滅入《めい》るから、生者の相手もした方がいい。やりたいことがないなら趣味を仕事にしてみればって」

「弁護士を続けなかった理由は？」

「むしろ、私が訊きたいな。死者が視えるのに、よく検察官を続けられるね」

「……どういう意味？」

「真犯人が裁かれない限り、死者は成仏できない。弁護士も、検察官も、選択を一つ誤れば死者を現世に縛りつけてしまう。自白している被疑者は、本当に罪を犯したのか。起訴された被告人以外に、真犯人がいるんじゃないか。疑心暗鬼に陥《おちい》らずに事件と向き合えるのは、すごいことだと思う」

「冤罪が許されないことは、検察官なら誰もが理解しているよ」

死者が視えるか否かによって、検察官の責任が変わるわけではない。

「今までは、答え合わせを強制されずに区切りをつけられたでしょ。有罪判決が確定するたびに、自分たちの判断は正しかったと頷《うなず》いてきたはず。だけど、これからは違う。被害者が成仏するかが、絶対的な答えになる。私たちは、目を背けられない」

「だから、刑事弁護から手を引いたと？」

「腰抜けだと見損《みそこ》なった？　接見に行っても、被害者の姿が脳裏に浮かんで、被疑者の顔をまともに見れない。私が弁護方針を間違えたせいで、また死者が成仏できなかったら――。そんなことを考えている時点で、まともな弁護なんてできるはずない」

目を伏せた深夜に僕は訊いた。

「架橋くんの死がきっかけだったんだよね」

「昴は、底抜けに明るいし、なぜか私を慕《した》ってくれている。でも、私が無罪を勝ち取れなかったせいで、現世に縛りつけられているんだ」

検察官が真犯人を起訴していれば、そもそも深夜に弁護のバトンが渡ることはなかった。冤罪を未然に防ぐ一義的な役割は、捜査機関が担わなければならない。

「死者が視えるからこそ、果たせる役割があるはずだ」

「一年後も今の気持ちが変わっていなかったら、心の底から称賛するよ。でも、その能力をあまり過信しない方がいい。死者から得た情報が常に正しいとは限らないし、彼らはときに嘘をつく。善人ばかりが死者になるなら、地獄は必要ない」

「でも、死者の手助けをしてるじゃないか」

「渋々《しぶしぶ》だよ。弁護士の代わりはいくらでもいるけど、死者に寄り添える生者は限られている。アドバイスをしているだけで金銭は受け取っていないから、責任も生じない」

どこまで本気で言っているのだろうか。表情や口調からは真意を読み取れない。

「架橋くんを成仏させることが目的じゃないの？」

「目的というよりけじめ。何と言われようと諦《あきら》めるつもりはない」

「再審請求を使って？」

「手段は問わない。死者の秩序や成仏について、全てを理解しているわけじゃない。文献も判例もない分野だからね。いろいろ試して学んでいくしかない。死者に接触しているのも、少しでも多くの情報を手に入れるため。私は打算で動く人間なんだ」

喫茶店を開いた理由にも関わっているのかもしれない。

「お客さんは来てるの？」

「ご覧のとおり」

「閑古鳥が鳴いてるね」

休日の昼過ぎに一組も客が来ていないのだから、繁盛しているようには見えない。

「宣伝はまったくしていないし、偶然通りかかった人以外、存在すら認識していないと思う。生計を立てるためと言ったけど、実際は貯金を切り崩しながら生活している」

「常連客は？」

「三崎香蓮みたいな子が、たまに」

「ああ。なるほど」

死者は日中に出歩けないし、コーヒーも飲めないが、深夜法律事務所には生者も訪れる。成宮の事件が解決に向かい始めた後も、深夜は三崎と連絡を取り合っていたのか。

「降霊術めいたことをして、死者の言葉を生者に伝える。度胸と演技力がもう少しあれば、ビジネスになったのかもしれないけど、私がやると胡散臭《うさんくさ》さが拭《ぬぐ》いきれない。トライアンドエラーを繰り返して、今のやり方に落ち着いた」

必要に応じて仲介役を果たしながら、死者の存在は明かさずに、あくまで深夜自身の言葉として伝える。降霊術よりハードルが上がっているような気がするが、そつなくこなす姿を目撃しているので納得するしかなかった。

「ご注文は？」唐突に訊かれたので、「お勧めがあれば」と答えた。

ドリップで淹れていたコーヒーを差し出されたので手に取ると、ミルクや砂糖を入れていないのに複雑な甘い香りがした。

「ライチ、ピーチ、ココナッツ。その辺りの香りが特徴」

「言われてみれば」

口に含んでも、コーヒー特有の酸味や苦味の他に、果物のほのかな甘みを感じた。コロンビアの小規模農園から仕入れたコーヒー豆で、アイスコーヒーやカフェラテとの相性も良く、浅煎《あさい》りだとより風味が際立つと深夜は雄弁に語った。

「本当に詳しいんだね」

「のめり込むと止まらなくなるタイプ。一日五杯以上飲むと気持ち悪くなるから、一ヵ月後までの焙煎《ばいせん》リストが決まってる。焙煎後二週間くらいで香りが失われ始めちゃうから、こうやって店でも振る舞ってる」

果物のような香りや甘みを引き出す方法を聞きながら、上質なコーヒーをしばらく味わった。せっかくの休日も官舎に籠《こ》もりがちだが、喫茶店巡りをするのも悪くないかもしれないと思った。

「何か訊きたいことがあって訪ねてきたんじゃないの？」

カップが空になったところで、深夜は僕に訊いた。

「深夜さんの力を貸してほしい」

思い切って伝えたが、「呼び捨てでいいよ。むず痒《がゆ》いから」と言われた。

「……わかった」

「じゃあ、私も累《るい》って呼ぶね」

苗字《みょうじ》ですらないのか。独特な距離感の詰め方だ。

「本題に入ってもいい？」

「どうぞ。長話になってもいいよ」

「僕にも成仏させなくちゃいけない死者がいる」

「私にとっての昴みたいに？」

「うん。死亡事件を担当したとき、僕は有罪判決を聞き終えた後に、事件現場に足を運んでいた。その事件では、被害者の遺体は貯水池で見つかった」

「若月菜穂《わかづきなほ》さん？」

「どうして知ってるんだ」

貯水池という特徴のある事件現場とはいえ、すぐに言い当てられたので驚いた。

「死亡事件って、そんなにたくさん割り振られるわけじゃないでしょ。死者が視える検察官の過去が気になって、担当事件を調べさせてもらった」

「お互い考えることは一緒か」

僕も、深夜の過去を調べて架橋の事件に行き着いた。

「菜穂ちゃんが成仏していないことも知ってる。あの事件の犯人は、まだ裁かれていない。だから、彼岸に渡れないいんだ」

「でも……、冤罪だったとは、どうしても思えない」

「納得してるなら、何も視えていないふりをすればいい」

「それが許されないこともわかってる。だから、どこで見誤ったのかを明らかにするために、力を貸してほしい」

「具体的には？」

「若月さんの話が聞きたい」

通常の死者は事務所の中でしか言葉を発せないと、架橋は言っていた。真夜中に貯水池を訪れても、僕一人ではコミュニケーションを取ることができない。

「一足遅かったね」

「え？」

「菜穂ちゃんとは、他の死者と同じように、死後間もなくここで話をした。基本的なルールや成仏の条件を教えて、記憶が戻り始めたら事件について話してほしいと伝えた。だけど、被疑者が起訴されて裁判が始まっても、彼女は訪ねてこなかった」

深夜や架橋を怪しんで接触を拒《こば》む死者は、一定数いるらしい。死を受け入れられなかったり、騙《だま》されているのではないかと疑う――。それでも、成仏できないまま時間が経つと、不安の方が勝《まさ》って事務所を訪れてくるという。

しかし若月菜穂は、何ヵ月経っても、事務所のガラスを通り抜けてこなかった。

「有罪判決が宣告されてからも？」

「半日前に、ようやく二回目の来所が決まった」

「……いつ？」

そこで深夜は意味ありげに微笑《ほほえ》んだ。

「十二時間後。累の頼みを聞くまでもなく、来所予約は取り付け済み」

5

僕と深夜は、『喫茶店　まよなか』を出て月極《つきぎめ》駐車場に向かい、車体が深緑色でルーフが黒のミニクーパーに乗った。僕は助手席で、運転席には深夜が座っている。

「弁護士のときも、この車？」

「うん。ぽてっとしたフォルムが好きなんだ。警察署に停《と》めていたときは、やたらと目立ったけど。累は運転しないの？」

「無事故無違反のペーパードライバー」

「じゃあ、ナビの代わりに、事件解説をお願い」

若月菜穂が、十二時間後に事務所を再訪する……。経緯を教えてほしいと頼んだが、事件の概要を明らかにするのが先だと言われた。

「安全運転で頼むよ」

「はいはい」

ルームミラー越しに深夜の表情を確認してから、僕は話し始めた。

「——物証、目撃証言、自白。三拍子全てが揃《そろ》っていた。だからこそ、死者のルールを理解しても、末永祥吾《すえながしょうご》が冤罪だったとは思えなかったんだ」

事件の概要は、今でもはっきり記憶している。

貯水池に若い女性が浮かんでいる——。地域清掃のボランティアが警察に通報したことで、行方不明となっていた若月菜穂の遺体が発見された。

着用していた長袖《ながそで》のブラウスとスカートには養生テープの残骸《ざんがい》が付着しており、水中から引き上げられたスーツケースにも同じテープが巻きつけられていた。

「スーツケースを重りに使って、遺体を池に沈めたってこと？」

「うん。養生テープでぐるぐるに固定して。スーツケースの中には、大量の土砂が詰め込まれていた。池の中でテープが破れて、遺体だけ浮かび上がったんだと思う」

深夜の質問に答えると、説明を続けるよう促された。

解剖の結果、全身の複数箇所を骨折していることが判明し、その他にも外傷が見受けられた。遺体の発見状況からして、事件性があることは明らかであり、殺人事件も視野に入れて早々に捜査本部が立ち上げられた。

若月菜穂は、遺体が発見される三週間前から行方不明となっていて、両親が捜索願を警察に提出していた。吹奏楽の部活動を終えて帰路についたのが十八時。校門で友人と別れてからの足跡を明らかにできないまま、時間が経過していた。

一方、骨折に関しては、高所から転落した可能性が高いという所見が示された。

「高所から転落？　貯水池で？」再び深夜に遮《さえぎ》られた。

「発見現場の近くには、全身骨折を招くような高所の建物はなかった。別の場所で転落した後、貯水池まで運ばれて遺棄された。そう考えるのが自然な状況だった」

「死因が転落死なら、菜穂ちゃんは落下した場所に縛りつけられたはずだよ」

成宮はトレーニングルーム。架橋は刑務所の雑居房。

最期の瞬間を迎えた場所に、成仏できなかった死者は縛りつけられている。

「地面に打ち付けられた衝撃で意識を失ったとみられている。でも、即死ではなかったたんだ。全身骨折で命に関わるような重傷ではあったけど、直接の死因は貯水池に沈められたことによる窒息死だった」

「なるほどね。それなら死者のルールとも矛盾しない」

このような事実確認でも、今後は死者のルールを参考にできそうだ。

転落した若月菜穂を、どうやって貯水池まで運んだのか。人目を忍ぶ必要があったはずなので、自動車を用いたのではないかと捜査員は考えた。そこで警察は、聞き込みを実施するとともに、不審車両の捜索に力を入れた。

ほどなくして、自動車の解体業者から警察に連絡があった。ミニバンの解体を依頼されたのだが、トランクに血痕《けっこん》が付着していたので連絡した……。すぐに警察官が店に出向いて、車両を確認した。

トランクから採取した毛髪や血痕を用いてDNA鑑定を実施した結果、若月菜穂を貯水池に運んだ車である可能性が極めて高いことが明らかになった。

そこから捜査は一気に進展した。解体業者から提供を受けた書類一式の中に運転免許証のコピーがあり、末永祥吾が重要参考人として浮かび上がったのである。

「末永祥吾は、東京の大学の工学部生だった。高校生のときに大麻所持で少年審判に付された非行歴がある」

「へぇ……。処分は保護観察？」

「うん。高校は退学になったけど、高卒認定試験を受けて大学に進学してる」

「菜穂ちゃんとの接点は？」

「折笠市内の女子校に通っていた被害者とは家も離れていて、わかりやすい接点はなかった。でも、ミニバンの車両名義人は末永祥吾だったし、解体業者が設置していた防犯カメラにも彼の姿がはっきり映っていた」

「車の処分を頼まれただけの可能性もあったんじゃない？」

「もちろん、早計な決めつけはしていないよ。被害者の帰路で聞き込み捜査を続けて、路上駐車しているミニバンの運転席に、末永らしき人物が乗っているのを目撃したという情報を得た。身辺調査を終えた後、事情聴取で末永が犯行を認めた」

「他に客観的な証拠は？」

自白は過度に重視しない。やり手の刑事弁護人らしい発想だ。

「末永の携帯を調べたら、マップアプリのロケーション履歴を記録する設定にしていることがわかった。訪れた場所やルートを自動的に記録する機能だけど、知ってる？」

「浮気がバレたり、今回みたいに捜査で追い詰められたり。後ろ暗いところがある人間は使わない方がいい機能の筆頭だね」

旅行の思い出や訪れた飲食店などを記録できる便利な機能だが、データが第三者の手に渡れば、利用者の行動記録が筒抜けになりかねない。

「履歴を削除しないのは軽率すぎる気もするけど、自動的に記録される機能だから、見落とされることが意外と多い」

「本当に末永祥吾が犯人なら、スーツケースにしてもロケーション履歴にしても、重要なところでミスを犯しているね」

「養生テープのこと？」

「水分が接着材の天敵であることは、日常生活で身につく知識じゃないかな」

「まあ、それは確かに」

「今さらケチをつけても無意味か。続けて」

末永の携帯には、被害者が失踪《しっそう》した当日の行動履歴も記録されていた。十七時三十分から高校の近くの路上（目撃情報と合致する場所）で待機して、十八時十五分に車で移動を開始。三十分ほど車を運転して、十八時四十五分にとある場所に到着している。

「あと五分くらいで、目的地に着くはず」

「じゃあ、続きは現場を見ながらにしよう」

予告どおりちょうど五分後に、「目的地に到着したので案内を終了します。運転お疲れさまでした」とカーナビの音声が流れた。駐車場にミニクーパーを停めて降りると、フリータイムの料金が書かれた色あせた看板が打ち捨てられていた。

「元カラオケ店か」呟《つぶや》くように深夜が言った。

「潰《つぶ》れたのは、事件が起きる半年くらい前。繁華街からも離れた人目につきにくい場所で、取り壊されずに放置されていた」

「何階建て？」

深夜の質問の意図はすぐに理解した。

「五階。立地、高さ、貯水池までの距離。いろんな点で条件に合致する建物だった。四階の一室や駐車場から、被害者の血痕も発見されている」

駐車場から建物を見上げて、深夜は「屋上もあるんだね」と言った。

「うん。被害者の血痕が付着していたのも、ちょうど今立っている辺りだったはず」

痕跡は残っていないが、事件記録を読み直したので位置関係も頭に入っている。この場所を訪れたのは、いつぶりだろうか。

「中に入るのはマズい？」

「廃ビルとはいえ、無断で入るわけにはいかない」

「今日のところは仕方ないか」

あっさり引き下がったが、日を改めて侵入するつもりなのかもしれない。

「そろそろ、末永祥吾の供述を聞かせてもらおうかな」

「わかった」

駐車場に立ったまま、僕は説明を続けた。

末永は、廃ビルの一室——、403号室に若月菜穂を監禁して、一方的に暴行を加えた。現場からは被害者の血痕も発見されている。

「監禁って具体的には？」

「パイプ椅子に縛りつけて、両手を後ろ手に縛った」

「もしかして、養生テープで？」

「正解」

深夜は呆れたように息を吐《は》いた。養生テープは、壁や床を一時的に保護するために使われることが多く、一般的なテープよりも粘着力が低いことが特徴として挙げられる。つまり、監禁には適さない道具だ。

実際、若月菜穂は暴行に耐えながら、養生テープを破って拘束から逃れている。

「動機に触れてないのはあえて？」

「うん。後で説明する」

一瞬の隙《すき》をついて、若月菜穂は403号室から飛び出した。当然のことながら、危機を脱するには出口に向かうべきだった。しかし、左右の二択を外して、上り階段しかない通路に向かってしまった。末永が背後から迫っていたので、階段を上って屋上に出た。

「逃げ道を絶たれて――、転落したと」

屋上から地面へと、深夜は視線を動かした。

「屋上には、腰くらいまでの高さの柵《さく》しか設置されていなかった。柵の近くで揉み合いになって、若月菜穂が転落した。そう末永は話している」

「突き落としたわけではないと?」

転落なら監禁致死あるいは傷害致死だが、五階建ての屋上から突き落としたのであれば、殺人の罪まで問える可能性が出てくる。

「現場の状況からも、突き落としの立証は困難だと判断した」

「そっか。監禁致死で起訴したのは知ってたし、意地悪な質問だったね」

「いや、弁護士なら当然気にするところだと思う。あとは、駐車場に落下した被害者を車のトランクに乗せて運んで、スーツケースと一緒に貯水池に沈めた」

そして、ミニバンを解体業者に持ち込んで証拠隠滅を図った。

「菜穂ちゃんがまだ生きていることには、気付いていなかったとか?」

「即死だと思ったらしい。すぐに病院に運んでも、手遅れだった可能性が高いらしいけど」

「なるほどね」

建物の一室に監禁された被害者が、窓から飛び降りて逃走を図ったが死亡した事案で、裁判所は監禁致死罪の成立を認めている。末永祥吾の供述を前提にしても、監禁致死と死体遺棄が成立することは、ほとんど争いがなかった。

「突き落としによる殺人が真相だったのに、転落による監禁致死で裁かれた場合……、死者は成仏できるのかな」

犯人が裁かれれば足りるのか、それとも、最大の罰を下すことまで求められるのか。

「殺人を死体遺棄だけで起訴したような場合は別だけど、そこまで厳格な罪名の選択は求められていないと思うよ。だから、菜穂ちゃんが成仏できない理由は別にあるはず」

深夜の推測が正しければ、やはり、末永祥吾は犯人ではなかったのか——。

「もう少し考えてみるよ」

「裁判では、末永の自白に沿ったストーリーが認められたの？」

「不自然な弁解ではなかったし、証拠とも整合していた。監禁致死も死体遺棄も認められて、宣告刑は懲役八年。どちらも控訴せずに判決が確定した」

カーディガンのポケットに手を入れて、深夜は僕の方に身体を向けた。

「どうして、動機の説明を後回しにしたの？」

「説明できないからだよ」

「…………」

「末永祥吾は、動機についてのみ黙秘を貫いた」

被告人と被害者の繋がりは、有罪判決が確定した現在も浮かび上がっていない。

6

若月菜穂は、死後間もなく、深夜法律事務所を訪れている。

成宮のときと同じように、架橋が事務所まで導き、死者の基本的なルールを深夜が伝えた。もっとも重要な成仏の条件についても。この時点で若月菜穂は認識したはずだ。

犯人が裁かれない限り、死者は彼岸へ渡れない――。

警察の捜査に委ねる判断をしたのか、若月菜穂は事務所を再訪せず、真夜中に架橋が貯水池に様子を見に行っても、頑《かたく》なにその場から動こうとしなかったという。死者が移動に応じなかった場合、強制的に連れていく方法はない。

末永祥吾が起訴されて、有罪判決が宣告されても、状況は変わらなかった。

深夜法律事務所の他にも死者と生者を繋げる空間が存在しない限り、若月菜穂は誰ともコミュニケーションを取らずに、何ヵ月もの時間を一人で過ごしたことになる。

真夜中に限られた場所を出歩くだけでは、捜査や裁判の進捗状況すらまともに把握できなかったのではないか。

貯水池のほとりに縛りつけられ、どれだけ待っても成仏の瞬間が訪れない。

僕が同じ立場だったら、何が起きているのかと不安に苛《さいな》まれ、少しでも多くの情報を得たいと望んだはずだ。

なぜ――、深夜や架橋を頼ろうとしなかったのだろう。再訪が決まった経緯については、帰りの車内で深夜から説明があった。

「昴が菜穂ちゃんに会いに行って、累の話をしたんだってさ」

「……僕の話？」

「死者が視える検察官が仲間になったと伝えた。菜穂ちゃんの事件を担当したのが累だったことは、昴も知ってる」

「そうしたら、若月さんはなんて？」

「貯水池だから会話はできない。昴が一方的に話しかけただけ。興味を示したように見えたから、『明日、事務所で話してみない？』と訊いたら頷いたらしい」

「何も聞いてないんだけど」

「報告する前に、累が訪ねてきて菜穂ちゃんの話題を出した」

深夜の事務所を訪ねる日程を、あらかじめ決めていたわけではない。

「予定が入ってたらどうするつもりだったんだ」

「丑三《うしみ》つ時《どき》の先約なんて普通ないでしょ」

そんなやり取りを経《へ》て、一度解散してから官舎で仮眠をとった。

深夜や架橋から明確に距離をとっていた若月が、このタイミングで事務所を再訪することを決めた。話を聞く限り、僕の話題を出したことがきっかけだという。

まどろみながら、さまざまな疑問が頭に浮かんだ。

僕に会うためなのだとしたら……。彼岸への道を遠ざけた担当検事を、面と向かって非難するつもりなのかもしれない。

それでも構わない。言葉を交わせば、新たな取っ掛かりが得られるはずだ。

午前四時に事務所の扉を開くと、ハイバックのチェアに若月菜穂が座っていた。長袖のブラウスから伸びた細い手首。華奢《きゃしゃ》な手を膝《ひざ》の上に乗せて、背筋をまっすぐ伸ばしている。緊張感を漂わせながら、顔立ちにはあどけなさが残っている。

だが——、成長した姿を見ることはできない。癖《くせ》のない長い黒髪も、黒目がちな澄んだ瞳《ひとみ》も、透き通るような白い肌も。全て、生前の姿を再現したものにすぎない。失われてしまった後なのだ。九ヵ月以上も前に。

「彼が、菜穂ちゃんの担当検察官」

深夜の一言で我に返った。若月菜穂が不安げに僕を見上げている。

「印藤累です。初めまして」

『何度も貯水池に来てくれましたよね』

声を聞いたのは、これが初めてだった。

「覚えていてくれたんだね」

『見覚えがなかったので、誰かなって』

死者が視えるようになってから、深夜と出会うまでの間に、僕は三回貯水池に足を運んだ。そのたびに、若月は同じ場所に無表情で立っていた。

「もしかして、僕が話しかけたことも覚えてる？」

『えっと……、はい』

「何の話をしたの？」

深夜が割って入ってきた。やぶ蛇だったなと思い、頬《ほお》を搔《か》いた。

「そのときは、若月さんが現世に留まってる理由がまったくわからなかった。テレビとかで見るような幽霊だと思ったんだ」

「現世に悔《く》いがあって成仏できない――、みたいな？」

「うん。ちゃんと犯人が裁かれたことを認識すれば、成仏するんじゃないか。そう思って、判決文を読み上げたり、裁判での両親の証人尋問の内容を伝えたりした」

「私もたいがいだけどさ、思考が法律に毒されてない？」

「あんなことされても困ったよね。ごめん」

そう謝ると、若月は小さく首を横に振った。

『困ってなんか……、ないです。それに、この間は掃除もしてくれましたよね』

「掃除？」すかさず深夜に訊かれた。

「あの貯水池のまわり、結構汚れてるだろ。日中に縛りつけられている辺りくらいは綺麗《きれい》にできないかなって思ったんだよ」

「法律だけじゃなくて道徳もインプットされてるみたいで安心した」

話を変えようとしたが、若月が『嬉《うれ》しかったです』と続けた。

『帰るときに、花束《はなたば》も置いていってくれて、私が視えてることには気付いていました。昨日、架橋さんから話を聞いて、すぐにあの人が印藤さんだったとわかりました。お礼が言いたかったんです。ありがとうございました』

「お礼を言われるようなことはしてないよ。成仏できない――、今の状況を作り出したのは僕のせいかもしれないんだ」

『逃げ続けてきた……、私のせいです』

俯《うつむ》いた若月に、深夜は優しく声を掛けた。

「最初にここに来たときのことは、覚えてる？」

『……はい』

「菜穂ちゃんを責める気はまったくないよ。あなたは被害者なんだから。無理に協力させるつもりもないし、嫌がることはしないと約束する。ただ、本心を教えてほしいの。しばらく事務所に来なかったのは、私や昴が信用できなかったから？」

『違います』

「成仏したくなかったから？」

『……そうです』

「思い出が詰まってる場所だもんね」

若月の答えを否定せず、反応を探るように深夜は微笑んでいる。

『成仏って、言葉だけ聞くと綺麗ですけど……、この世から消えるってことじゃないですか。あの世があるのかもわからないし、どうして成仏しなくちゃいけないのかわからなくて』

「そうだね。言葉足らずだったと思う」

深夜と共に死者の役に立ちたいから、まだ成仏したくない。現世に留まる拘りを架橋から聞いて、そういう考え方もあるのかと僕は驚いた。死者は成仏を望むものだと、半《なか》ば無意識に決めつけていたのかもしれない。

理不尽に命を奪われたのに、死後も現世に縛りつけられている。悲劇が積み重なっているとネガティブに捉えるのではなく、不運な死を迎えた被害者に対するせめてもの救済——。そう理解する余地もあったのだろうか。

『少しでも長くこの街にいたかったんです。真夜中になったら、家の周りとか、学校までの道とか……、歩いて回っていました。だけど、知り合いに会える日は、ほとんどなかった。当たり前ですよね。そんな時間に歩いてたら補導されちゃうし』

死者が動き回れる時間、ほとんどの生者は眠りについている。

「寝室のカーテンが開いていれば、ベランダとかから入ることもできるんだけど、この国は防犯の意識が強いからね。縛りつけられている日中は辛《つら》くなかった？」

そう深夜が訊くと、若月は頷いた。

『濁《にご》った水面を見つめてることしかできなくて、頭がおかしくなりそうでした。慣れるのかなと思ってたけど、そんなことなくて……。それに、お母さんとかお父さんが来て、あんなところでずっと泣いてるのを見るのが、辛かったです』

「うん。他には？」

『この世にしがみついていても、結局一人きりで、大切な人が傷ついているのを見ることしかできない。死んだら、もう居場所はないんだって、最初から気がつくべきでした』

「成仏した後に、どんな世界が広がっているのかは私たちもわからない。だから、無責任なことは言えない。でも、現世に留まるのは……、やっぱり健全ではないと思っている」

『もう手遅れですよね』

「ううん。そんなことはないよ」

そこで深夜は、現状を整理して伝えた。

末永祥吾に対して有罪判決が宣告されたのに、いまだ若月は現世に留まっている。素直に解釈すれば、犯人が別にいる可能性が高い。

真犯人が罰を受ければ成仏できる。だが、有罪判決が既に確定している以上、警察や検察による再捜査は期待できない。

自ら道を切り開かない限り、永久に彼岸へは渡れない――。

残酷な宣告のようにも思えるが、優しい言葉を掛けるだけでは現状を打開できない。深夜が協力するにしても、本人が覚悟を決めることが必要不可欠だった。

『もう逃げません。だから、助けてください』

「もちろん。勇気を出してくれてありがとう。絶対に、なんとかするから。ところで、今日来てくれたのは、このお兄さんと話をしたかったから？」

深夜が、僕の方に手の平を向けた。

『きっかけがほしかったんです。今さら、ここに来てもいいのかなって迷ってて』

「ずっと待ってたよ」

『架橋さんから、印藤さんの話を聞いて……。お礼を伝えたかったのは本当だったので、今しかないと思って来ました』

きっかけを作ってくれた架橋に感謝しなければならない。

だが、まだスタートラインに立っただけだ。生前の情報を若月から聞き出し、捜査段階で僕たちが何を見落としていたのかを明らかにする――。それでは、まだ足りない。再捜査を実施するためには、越えるべき壁がいくつも存在する。

「今日、このまま事件の話を聞いても大丈夫？」

深夜の問いに、若月は困ったような表情を浮かべてから答えた。

『また明日、同じ時間に事務所に来てもいいですか？　久しぶりに話したら、緊張して、少し疲れちゃって……』

「そうだよね。うん、わかった」

『よろしくお願いします』

短時間で、二度目の来所相談は終了した。四時間後には、検事としての始業時刻を迎える。不思議と疲れは感じず、なすべきことがはっきりと頭に思い浮かんでいた。

7

翌日の午前四時。事務所の扉を開くと、深夜と架橋が談笑していた。

『あっ、印藤さんだ。こんばんは』

「案内業務はお休み？」

『菜穂ちゃんが勇気を振り絞ってくれたんだし、フルメンバーで歓迎したいじゃないですか。死者一人だと気後れしちゃうかもしれませんし』

架橋の明るさに勇気づけられる死者は少なくないはずだ。

コーヒーを淹れると言って、深夜はカウンターに向かった。二人は、いつもどんな話をしているのだろうか。架橋が一方的に話しているような気もする。

「架橋くんから、若月さんに声を掛けたことは、これまでにもあったの？」

『遠いので頻繁には様子を見に行けなかったけど、事務所に来なよって何度か誘いました。でも、反応が返ってきたのは久しぶりです』

「へえ……、そうなんだ」

『嫌われてるのかなって思ってました』

「架橋くんが説得を続けてくれたおかげだよ。ありがとう」

『そう言ってもらえると嬉しいです』

架橋は、照れたように笑みを浮かべた。

「MVPを決めるのは、真相を明らかにしてからにしよう」

深夜がマグカップを二つ持って戻ってきた。

今回のコスタリカ産のコーヒーは、豆の中に濃縮された甘みと、フルーティーな味わいが特徴らしい。深夜の蘊蓄《うんちく》に耳を傾けながら、若月がガラス扉を通り抜けてくるのを待った。

しかし、三十分ほど経っても、待ち人は姿を現さなかった。

「四時に来るって言ってたよね」

そう訊くと、深夜は掛け時計を見ながら「うん。どうしたのかな」と答えた。

『迷ってるんですかね』架橋は首を傾《かし》げた。

「昨日、一人で来たばかりだよ。わかりやすい場所だし」

『死者は道を尋ねることもできないしなあ。ちょっと様子を見てきます。入れ違いになったら、気にせず始めちゃってください』

「私の話、聞いてた？」

『頭脳派の二人と違って、僕は思いついたら即行動タイプなので。本当に迷ってたら、かわいそうじゃないですか』

宣言どおり、架橋はすぐに立ち上がって事務所を出ていった。

「探すあてはあるのかな」

3. 買う

MRC ホームページの「STORE」では、以下の商品販売を行っております。

MRC グッズ

本をたくさん持ち運べるトートバッグや、ミステリーカレンダーなど、
無料会員の方にもお求めいただける MRC グッズを販売しています。

オリジナルグッズ

綾辻行人さん「十角館マグカップ」や「時計館時計」、
森博嗣さん「欠伸軽便鉄道マグカップ」などを販売いたしました。
今後も作家や作品にちなんだグッズを有料会員限定で販売いたします。

サイン本

著者のサインと MRC スタンプいりのサイン本を、
有料会員限定で販売いたします。

4. 書く ←New !

「NOVEL AI」

映画監督も使っている文章感情分析 AI「NOVEL AI」を、
有料会員の方は追加費用なしでご利用いただけます。
自分で書いた小説やプロットの特徴を可視化してみませんか？

1. 読む

会員限定小説誌「Mephisto」

綾辻行人さん、有栖川有栖さん、辻村深月さん、西尾維新さんほかの超人気作家、メフィスト賞受賞の新鋭が登場いたします。発売前の作品を特別号としてお届けすることも！

会員限定 HP

MRC HPの「READ」では、「Mephisto」最新号のほか、ここでしか読めない短編小説、評論家や作家による本の紹介などを読むことができます。

LINE

LINE 連携をしていただいた方には、編集部より「READ」の記事や様々なお知らせをお届けいたします。

AI 選書「美読倶楽部」

好きな文体を5回選択するとおすすめの本が表示される、AI による選書サービスです。

2. 参加する

オンラインイベント

作家と読者をつなぐトークイベントを開催しています。

〈これまでに登場した作家、漫画家の方々〉

青崎有吾、阿津川辰海、綾辻行人、有栖川有栖、五十嵐律人、河村拓哉、清原紘、呉勝浩、潮谷験、斜線堂有紀、白井智之、須藤古都離、竹本健治、辻村深月、似鳥鶏、法月綸太郎、方丈貴恵、薬丸岳、米澤穂信（敬称略、五十音順）

MRC大賞

年に一度、会員のみなさまに一番おすすめのミステリーを投票していただきます。

深夜はマグカップの縁を触りながら、「じっとしてられない性格なんだよ」と言った。

「若月さんは、どうして来ないんだと思う？」

「デートの約束をしていたけど、当日になってすっぽかしたくなる。そういう経験、累にもあるでしょ」

「いや、ないよ」

「何ヵ月も音沙汰《おとさた》なしだったんだ。決意が揺らいで、どこかに隠れて夜明けを待っているんじゃないかな」

「冷静だね」

本心から出た言葉だったが、深夜は小さく笑った。

「迷子だとしても、隠れているんだとしても、ここであれこうだ議論しているだけじゃ、菜穂ちゃんの真意はわからない。昴の行動力が私は羨《うらや》ましい」

さらに三十分ほどが経って会話が途絶えた頃、ドアを開く音が聞こえた。

僕と深夜は、同時に腰を浮かして身構えた。死者は、音を立てずに現れる。ドアを開いたのは、架橋でも若月でもない――。生者にとっては非常識極まりない夜更けに、誰が訪ねてきたのか。

訪問者の顔を見て、僕はさらに驚いた。

「桐崎さん……」

自宅待機を命じられている検事が、花束を持って事務所を訪ねてきた。

「意外な顔ぶれだ」

チェスターコート、ジャケット、ネクタイ、シャツ、パンツ、革靴。全身黒一色の服装は、季節を問わず、折笠地検内で何度も見かけた。

「どうして、ここに？」

「お邪魔だったかな」低い声で桐崎は言った。

削《そ》げた頬、落ち窪《くぼ》んだ眼窩《がんか》、後ろに撫でつけた黒髪。桐崎が起訴した被疑者が、『あの人の取り調べはもう受けたくない』と言葉を漏らしたのを聞いたことがある。

「邪魔だよ。何しに来たの？」

咎《とが》めるような口調で深夜が訊いた。二人は知り合いだったのか。

「俺の次は、印藤に声を掛けたのか」

「質問に答えて」

「花束を持ってきただけだよ。今日は、架橋昴の命日だろう？」

「だから？」

「姿が見当たらないけど、まだ来てないのか」

架橋の姿が見当たらない――。聞き流すわけにはいかない発言だった。

「桐崎さんも……、死者が視えるんですか？」

「なんだ。まだ彼女から聞いてないのか。俺が、架橋昴を起訴したんだよ。これ以上の説明は不要だろう」

無実の罪で裁かれた架橋が命を落としたことで、深夜は死者が視えるようになった。冤罪の責任の一端は、弁護人だけではなく、検察官にも当然ある。

深夜と同じように、桐崎も死者と向き合う日々を送ってきたのか。

「印藤は、何がきっかけだ」

「……若月菜穂さんの事件です」

「監禁致死か。運が悪かった。そう割り切った方がいい。導火線に火がついた事件が、たまたま印藤に配点された。優秀な検事でも、全ての爆弾を処理しきれるとは限らない」

「本気で言ってるんですか」

「ああ。当たりくじを引き続けている同僚が、俺は羨ましいよ」

現世に縛りつけられている死者を大勢見てきたはずだ。運や巡り合わせなんて軽い言葉で片付けていいわけがない。

「それを持ったまま帰って」淡い紫色の花束を指差して、「昴を弔《とむら》う権利なんて、あなたにはない」と深夜は続けた。

「相変わらずだな。せめて、本人の意思を確認するべきじゃないか」

「冤罪だとわかっていながら、何も手を打たなかった。今さらどんな顔をして昴と会おうとしてるわけ」

「結果が伴っていないのは、お互い様だと思ってたけど」

「一緒にしないで。私は諦めていない。それに、他人の心配をしてる余裕なんてないんじゃないの？　詐欺師《さぎし》にでも転職するつもり？」

不祥事の件を深夜が仄《ほの》めかすと、「処分保留の間は、推定無罪だ」と桐崎は答えた。

「ストーカー事件を揉み消したんでしょ。落ちるところまで落ちたね」

「わかった。出直すよ」

「二度と来ないで」

初めて事務所を訪れたとき、同じ警告を深夜から受けた。桐崎との関係性が悪化していたから、同じ検事の僕を拒絶したのかもしれない。

花束をテーブルに置いた後、「そういえば、印藤が俺の事件を担当するらしいな」と桐崎は思い出したように言った。

「誰から聞いたんですか」

「自宅待機になっても、人間関係がリセットされるわけじゃない」

「呼び出しが掛かったらわかることです」

「楽しみにしてるよ」

桐崎が事務所を出ていった後、深夜は気持ちを整えるように息を吐いてから、テーブルの花束を手に取った。

「捨てるつもり?」

「そこまでクズじゃない。物置にでも飾るよ。昴には見せない」

桐崎との間に何があったのか。気になるところではあったが、この場で根掘り葉掘り訊くのは得策ではないような気がした。

「今日が命日っていうのは、本当のこと?」

「そうだよ。昴が死者になってから、ちょうど一年」

架橋は現世に一年も留まっているのか。その大半を、彼は刑務所で過ごしている。

「不祥事の件、桐崎さんが言っていたとおり、僕が担当することになった」

「そう。がんばって」

「死者とは……、関係ないよね」

「ストーカー事件で、誰か亡くなったの?」

「いや、そういう報告は受けてない」

「予断は排除した方がいいよ」

花束を持ったまま、深夜は通路に向かった。架橋が戻ってくるまでに片付けようとしているのだろう。

けれど、架橋も若月菜穂も現れないまま、日の出を迎えた。

＊

若月菜穂にもう一度事務所に来てもらうには、どうすればいいのか。

考えているだけでは、相手の真意はわからない――。深夜が言ったことも一理あると思い、とりあえず行動に移そうと決めた。

日中も、生者から死者に言葉を伝えることはできる。一方的なコミュニケーションでも、何かのきっかけにはなるかもしれない。

終業時刻を迎えてから、僕はタクシーを捕まえて貯水池に向かった。

異変に気付いたのは、ほとりに着いてからだ。

花束が目印のように置かれていた。

丑三つ時には程遠い。

いつもと同じ場所に立っていなければ、死者のルールに反する。

だが、どれだけ探しても、若月菜穂の姿を見つけることはできなかった。

成仏できないはずの死者が、忽然《こつぜん》と消失したのである。

第三章

死者の残《ざん》痕《こん》

1

コーヒーミルで挽《ひ》いた豆をドリッパーにセットして、中心から外側に向かってゆっくりと円を描くようにお湯を注ぐ。豆の中のガスが抜けてふつふつ膨《ふく》らんできたら、しばらく蒸《む》らす。泡《あわ》のドームが潰《つぶ》れないように注意しながら、何回かに分けてお湯を追加していく。

抽出したコーヒーをマグカップに移して、香りと味を確かめた。

「うーん。やっぱり違う」

「そうですか？　美味《おい》しいですよ」

今瀬《いませ》が、カップを手に持ったまま首を傾《かし》げた。プレハブ小屋でコーヒーを振る舞うのは、今日が初めてだ。

「店で飲んだときは、果物の香りが鼻から抜けていったんだよ。これは、香りを探さないと見つからない。同じ豆なのになあ」

「淹《い》れ方次第で別物になるって言いますもんね」

「想像以上に繊細だ」

「行きつけのカフェでもできたんですか」

「うん。喫茶店だけど」

弁護士がマスターの一風変わった喫茶店である。

「それで、ハンドドリップコーヒー一式を揃《そろ》えたわけですか。あいかわらず、影響を受けやすいですね」

初心者向けの解説動画を見て挑戦しても、深夜《しんや》が淹れたコーヒーの味には遠く及ばない。豆の挽き方、お湯の温度や量、蒸らす時間……。変数が多すぎて、どこに改善の余地があるのかも見極められていない。

「飽きるまで、食後のコーヒーは僕が淹れるよ」

「練習台になってあげましょう。でも、カフェインに頼ってばかりだと身体《からだ》を壊しますよ。目が充血しちゃってます」

よく見ているなと思いながら、「ドライアイなんだよ」とごまかした。

「倒れるときは事前報告を希望します」

「無茶言うな」

連日の深夜法律事務所への訪問によって、睡眠時間が削られているのは事実だ。弁護士と過去の事件を再調査しているので、業務時間を短くしてほしい。そんな申し入れは、口が裂けても言えない。

ふと考え直して「最近、悪夢を見るんだ」と、僕は言った。

「それで寝不足なんですか？」

「担当した死亡事件の被害者が出てくることが多い。事件現場に無言で立っていて、じっと僕を見つめている。そういう経験はない？」

「私、割と神経が図太いので……。本当に困ってるなら、カウンセリングに行った方がいいですよ」

「疲れてるだけかもしれないし、もう少し様子を見るよ」

今瀬にも死者が視《み》えているなら、別の反応が返ってきたのではないか。

若月菜穂《わかづきなほ》の監禁致死事件も、僕と今瀬のペアで担当した。真相を見誤った罰――、死者の呪《のろ》いにとらわれるのは、どの範囲の生者なのだろう。

「どんな無茶振りをされるのかも、まだよくわかってませんしね」

「業務内容のこと？」

「そうです。あれっきり次席も説明に来ませんし」

「検察の中の警察の役割を、僕たちに担わせたいんだと思う」

「なんですか、それ」

今瀬のマグカップは空になっている。次は、カフェオレに挑戦してみよう。

「強制力を行使する権力的公務では、自浄作用を促《うなが》すために監察官が内部に置かれることが珍しくない」

「ああ、聞いたことはあります」

「警察における監察官は、不祥事や服務規程違反を捜査して、必要に応じて摘発する。彼らは〝警察の中の警察〟と呼ばれている」

「身内から嫌われそうですね」

「不正を暴《あば》こうとしているわけだからね。でも、捜査権限を濫用した事件は実際にいくつも起きている。摘発しない代わりに金銭を要求したり、覚醒剤《かくせいざい》取引のパイプ役を担ったり、裏金作りに奔走したり。監察官には、その抑止力も期待されている」

「捜査権限を濫用できるのは、警察だけではないと」

結局、櫛永《くしなが》次席から職務の詳細な説明は得られなかったので、こうやって想像を膨らませなければならない。

「十年くらい前に、最高検には監察指導部が設置された。でも、警察のように各地検に監察官が常設されるには至っていない。検察官は、捜査権限に留《とど》まらず、起訴権限も独占している。どちらも、被疑者の人生を左右する強大な権限だ」

「検察官は、正しく被疑者を裁いているか。それをプレハブ小屋でチェックしろってことですよね。たった二人で、そんな大役を果たせるんですか」

監察指導課特別監査係。大仰な部署名を、僕たちは背負わされている。

「臨床実験みたいなものだと思うよ。一定の成果を上げれば、人員が補充されるんじゃないかな」

「全国に五十ヵ所ある地検の中で、折笠《おりかさ》地検が選ばれた理由は？」

答えがわかった上で今瀬は確認しているはずだ。

「検察の信用失墜を招いた震源地だから。櫛永次席は多分、注目を集めている現状を逆手《さかて》に取って、一発逆転を狙《ねら》ってる」

「火に油を注ぐ結果にならなきゃいいですけど」

僕たちがプレハブ小屋に隔離されたのは、本館の検察官との接触を絶つためだろう。職務内容は口外厳禁だと、櫛永次席に釘《くぎ》を刺されている。監察業務は、不意打ちで実施しなければ実効性を期待できない。

「嫌われ者になる覚悟は？」

「仕事とプライベートは分けるタイプなので。定時に帰れるなら文句は言いません」

「心強い。お互いに定時退庁を目指そう」

深夜法律事務所に行くまでに四時間くらい睡眠時間を確保できれば、なんとかこの生活を続けられるのではないか。

「とりあえず、桐崎《きりさき》さんの一件に集中すればいいんですよね」

「うん。監察業務の体制を整えるまでに時間が掛かるんだと思う。桐崎さんの処分を決めないことには、国民の納得も得られないだろうし」

「難しい判断ですね」

「起訴するべき事件か否か。一つずつ要素をチェックしていくだけだよ。これまで担当してきた事件と何も変わらない」

「世間がどう見るかですよ。手心を加えたと炎上するかもしれません」

仮に不起訴を選択した場合、『不起訴裁定書』を作成して、次席や検事正の決裁を受けることになるが、その内容は公表されない。今瀬が指摘したとおり、身内を庇《かば》ったと非難されることは充分考えられる。

「本当に桐崎さんが揉《も》み消《け》したんだとしたら、動機は何だと思う？」

「意見を求めるなんて珍しいですね」

「元担当事務官の意見は、やっぱり気になるよ」

僕が折笠地検に異動したのは、今年の四月。その前年度――、今瀬は桐崎とペアを組んで業務に当たっていた。

「執務室は整理整頓《せいとん》が行き届いていていました」

比較するように、今瀬はプレハブ小屋を見渡した。

「人となりは？」

「私語も少なかったし、仕事以外の話はほとんどしたことがありません。今だから言いますけど、何を考えてるのかわからなくて、ちょっと怖かったんです」

「どういうところが？」

「印藤《いんどう》さんは、ポーカーフェイスですよね。でも桐崎さんは、目つきが鋭くて、監視されているような感じがして……」

「居心地が悪かった？」

「まあ、言葉を選ばずに言えば」

物怖《ものお》じしない性格の今瀬でも、そのように感じていたのか。

「自分にも他人にも厳しい人だったからね」

桐崎が誰と親しかったのかも、僕は知らない。ただ、検察官としては間違いなく優秀で、難しい事件を任されることも多かった。

「他《ほか》の検事だったら証拠不十分で不起訴にしかねない事案も、桐崎さんは再捜査を命じて、ぎりぎりまで起訴に拘《こだわ》っていました。だから、今回の疑惑が出たときは本当に驚きました。事件の揉み消しって……、正反対のタイプじゃないですか」

「僕も同意見だよ」

限られた逮捕勾留《こうりゅう》の期間を一日たりとも無駄にしない。警察の捜査担当者や決裁官と衝突することも珍しくなかったと聞いている。

「事務処理量も膨大で、めちゃくちゃ大変だったなあ。多分、去年が一番残業した年だと思います。とにかく拘りが強くて」

そこで今瀬は、「印藤さんは、どう考えてるんですか」と僕に訊《き》いた。

「ストーカー事件の重要参考人は、刑事部の部総括判事の息子だった。検事と裁判官。その関係性は無視するべきじゃない気がする」

「具体的には？」

「桐崎さんが担当していた事件で、刑事裁判官でなければ解決できない事態に陥《おちい》った。便宜を図ってもらうために、恩を売ろうとした……。どう思う？」

「うーん。それっぽく聞こえますけど、いろいろ無理がありませんかね」

「そうだね」

検察官のキャリアを棒に振るような不祥事だ。どのような見返りを鼻の先にぶらさげられたら、リスクを承知で飛びつくに値するのか。部総括判事の息子が重要参考人として警察にマークされているという状況も、狙って作り出せたとは思えない。

この機会に気になっていたことを尋《たず》ねた。

「僕に引き継ぐ事件って、どうやって選んだの？」

通常であれば、前任の担当事件をそのまま引き継ぐことになるが、経験年数を考慮して、事件数の調整を行ったと説明を受けた。

「次席と相談して決めたって聞きましたけど」

「若月菜穂さんの監禁致死事件も、初動段階は桐崎さんが担当していたんだよね」

貯水池で遺体が発見されたのは三月の上旬――。

僕が引き継ぐまでの約一ヵ月間、捜査本部と連携を取りながら、検察側の担当検事として動いていたのは桐崎だった。

「それが、どうかしたんですか？」

「ちょっと気になることがあってさ。捜査に口を挟んだりしてなかった？」

「割と早い段階で印藤さんに引き継ぎましたからね。はっきり覚えてるわけじゃないけど、大きく揉めてた記憶はありません」

今瀬の言うとおり、重要参考人として末永《すえなが》祥吾《しょうご》の名前が浮かび上がったのは、僕が事件を引き継いだ後だった。

「そっか」

「気になることってなんですか？」

どう答えるか考えていると、内線電話が鳴り、すぐに今瀬が受話器を持ち上げた。

「はい……、わかりました」

受話器を戻してから、今瀬は僕を見た。

「桐崎逸己《いつき》が到着したそうです」

2

「――あなたには、黙秘権があります。私の質問に対して、終始沈黙しても構いませんし、供述を拒《こば》むこともできます。要するに、言いたくないことは言わなくてもいいという権利です。ここまでで何か質問は？」

「参考人に対しても黙秘権を告知するのか」

黒一色の服装の桐崎は、パイプ椅子《いす》に背を預けている。

刑事訴訟法上、取り調べにおける黙秘権の告知は、被疑者に対してのみ求められている。

「参考人であっても、必要に応じて黙秘権の告知を行っています。それに、あなたのことは被疑者として扱っています。罪を犯した疑いがあるということです」

「強気だな。いきなり宣戦布告をしたら、被疑者の口が重くなるんじゃないか」

斜め前方に座っている今瀬は、キーボードに手を添えて静止している。こころなしか、いつもより表情が硬く見える。

「現役の検察官相手に駆け引きは無意味でしょう」

「他の検察官の取り調べに立ち会うのなんて、何年ぶりかな。印藤を指名したのは、次席辺りだろう。厄介事を押し付けられるのは、期待されている証拠だよ」

「よく喋《しゃべ》りますね」

完全黙秘を貫《つらぬ》かれる可能性もあると考えていた。取り調べで話した内容は、有利不利を問わず裁判で証拠になり得る。捜査機関の手持ちのカードが開示されていない時点では、黙秘が最善の一手だと被疑者に助言する弁護人は少なくない。

「署名押印のない供述調書は、裁判では証拠能力が否定される。俺が話したとおりの内容が録取されていても、サインを拒絶すればただの紙切れだ。調書にサインする気はないから、一生懸命キーボードを叩《たた》いても時間の無駄だよ」

今瀬は、桐崎と視線を合わせず、パソコンの画面を見つめている。去年までペアを組んでいた検事の取り調べだ。何を考えながら同席しているのだろう。

「途中で気が変わるかもしれないので、録取は行います」

「そうか。まあ、好きにすればいい」

「これが取り調べであることを忘れないでください」

「守秘義務違反や証拠隠滅の事件では、取り調べの録音録画が義務付けられていない。対象外の事件でも検察官の判断で実施できるが、事前に録音録画している旨を相手に告知する必要がある」

「カメラがないことは、見ればわかりますよね」

「ああ。この場限りのやり取りだとわかっていれば、気兼ねなくお喋《しゃべ》りできる」

刑事訴訟法や通達を逆手に取って、取調官を煙《けむ》に巻《ま》く……。覚悟はしていたが、検事相手の取り調べでは定石が通用しない。

「講釈を垂れるために、呼び出しに応じたんですか？」

逮捕を伴わない取り調べは、任意の事情聴取の延長線上に位置している。呼び出しを拒絶された場合、強制的に連行することはできない。

「無視すれば、逮捕の口実を与えることになりかねない。任意と言いつつ、間接的な不利益をちらつかせて逃げ道をなくす。そこまでがセットで、警察や検察の常套《じょうとう》手段だ。それに、印藤と話がしたかった。これは本心だよ」

主導権を握られてはいけない。そう自分に言い聞かせる。

「声を掛けてくれれば、いつでも駆けつけましたよ」

「検事と被疑者が取り調べ以外で顔を合わせるのは、好ましくないだろ」

「そうかもしれませんね」

先日、深夜法律事務所で僕たちは相対した。あの場に僕が居合わせたことは、桐崎も予測していなかったはずだ。

「今回の被疑事実は、俺の主観や認識が重大な意味を持つ。こうやってのらりくらりとはぐらかされても、どこかでボロを出すかもしれないから、遮《さえぎ》ることができないんだろう。時間を掛けて話したい俺としては、またとない機会だ」

「ヒラ検事が聞き役でいいんですか」

「現場でもがいている検事にしか伝わらないことがある」

今回の被疑事実が、職務とは無関係に行われたものであれば、無駄話に付き合うつもりはないと切り捨てることも考えられる。しかし、事件の揉み消しを主導したか否かが問われている以上、耳を傾けざるを得ない。

ある種の〝思想犯〟と相対していると考えるべきだ。

「わかりました。腹を割って話しましょう」

今瀬の視線を感じたが、気がついていないふりをした。理由を説明している時間はない。

「印藤は、日本の有罪率についてどう思ってる」

「……抽象的な問いですね」

「有罪率九十九・九パーセントは、誇るべき数字か？」

考えをまとめてから、僕は答えた。

「検察官が起訴した被疑者の九十九・九パーセントに対して、有罪判決が宣告されている。

罰を受けるべき罪人を選定するという点では、精度の高さが裏付けられています」

「模範的な回答だな。確かに、検察官が厳選して起訴した被告人のほとんどが、しかるべき罰を受けている」

含みのある言い方だった。

「桐崎さんの考えは？」

「検察は、有罪率の呪縛《じゅばく》から解放されるべきだ」

「呪縛――、ですか」

桐崎の思想はある程度理解しているつもりだが、改めて確認した。

「ああ。有罪率を維持するために、過度に無罪判決に怯《おび》えて、起訴すべき被疑者を不起訴にする。本末転倒だと思わないか」

「妥協して不起訴にしたことなんてありませんよ」

僕が答えると、桐崎は小さく笑った。

「じゃあ、俺を起訴できるのか」

「………」

「内心では俺がクロだと思っているはずだ。ある程度の状況証拠は揃っているし、捜査情報を把握している数少ない人間の一人だった。だが、客観的な証拠に不安が残っている。俺が自白すれば、ぎりぎり起訴に漕《こ》ぎ着《つ》けられる。完黙を貫かれたら、証拠不十分で不起訴にせざるを得ない。そういう見立てで、俺を呼び出したんじゃないか」

「ずいぶん楽観的ですね」

捜査の進捗《しんちょく》状況を被疑者に明かすわけにはいかない。

「有罪か否かは、裁判官が法廷で明らかにする。それが刑事裁判のあるべき姿だ。無罪は絶対に許されないと思考に刷り込まれて、有罪率ばかりに目を向ける。そんな腑抜《ふぬ》けた検事が多数派を占めているのが、今の検察組織の現状だ」

「冤罪《えんざい》を防止するために、捜査段階から慎重に検討しているんです」

「裁判官が見誤らなければ冤罪は防げる」

「無実の被疑者を起訴すれば、何ヵ月もの間、被告人という不安定な立場に置かれます。有罪前提で実名報道が行われ、身柄《みがら》拘束が継続する可能性が高い。無用な人権侵害を防ぐには、検察官が歯止めをかけなければならない」

「それは鶏《にわとり》と卵のような話だろう」

両手を机の上に乗せて、桐崎は続けた。

「ほぼ全員に有罪判決が宣告されるから、冤罪の可能性が軽視されて、当たり前のように実名報道が行われるし、保釈請求も認められない。有罪率が現実的な数値まで下がれば、報道や保釈の基準も見直されるかもしれない」

「無罪になったからといって、時間が巻き戻されるわけではありません。失われた名誉や信頼を取り戻すには、もっと長い時間が掛かる。有罪率の高さは、必要最小限の被告人だけを起訴している証《あか》しでもあります」

「大義名分に縛られて、被害者の救済がおざなりになっているとは考えないのか？」

有罪率の是非は、被害者の存在を抜きにしては語れない。

「桐崎さんが起訴に拘っていたことは知っています」

「無罪になる可能性があるから――、今回は起訴を見送る。犯人ではないと確信しているならまだしも、中途半端《ちゅうとはんぱ》な理由で不起訴を告げられた被害者が納得するはずがない」

「検察官が処分を決めた時点で、必要な捜査は全《すべ》て終わっています。きちんと経緯や理由を説明すれば、多くの被害者の納得は得られます。むしろ、被害者を説得する自信がないなら、不起訴を選択するべきではない……。そう考えて、事件と向き合ってきました」

「どれほど高い志を持って検事に任官しても、組織の中で信念を貫《つらぬ》き通《とお》すのは難しい。決裁制度がある以上、担当検事の判断だけで被疑者を起訴することはできない」

「検察官の暴走に歯止めをかけるための決裁制度です」

「難しい事件や社会的な注目を集めている事件ほど、客観的な証拠が揃っていないと決裁官は起訴に難色を示す。無罪を宣告されるくらいなら、不起訴で事件を終局させた方がいい。そういう空気を何度も感じてきたはずだ」

無罪は敗北を意味する。その考え方が検察組織の根底にあることは否定できない。

無罪判決を連続で宣告された検事は出世の道が絶たれる――。そんな噂話《うわさばなし》を、司法修習の頃から何度も耳にしてきた。

「起訴率を上げるべきだと、桐崎さんは考えているんですか」

「そうだよ」桐崎は即答した。

「明らかに証拠が足りていない事件以外は、積極的に被疑者を起訴して、司法の場で真相を明らかにするべきだ。結果的に、今よりも有罪率は下がるだろう。実名報道や身柄拘束の問題も、その過程で改善が期待できる」

これが〝有罪率の呪縛〟という発言の真意か。無罪判決を恐れず、積極的に被疑者を起訴する……。この考え方に賛同する検事が多数派を占めるとは考え難《がた》い。

「興味深い提案だと思います」

「心がこもってないな」

「ここは取調室で、あなたは被疑者として座っている。それも、被疑事実はストーカー事件の揉み消しです。起訴すべき事件を不起訴にしようとした――。今の提案とは、真っ向から反する容疑です」

「俺が本当に関与しているなら、そうなるな」

長々と語られた桐崎の矜持《きょうじ》を聞いても、検察官として共感を覚えるところは一切なかった。道を踏み外した検事の戯言《たわごと》としか思えなかったからだ。

「これから、今回の事実関係に関する認識を確認していきます」

「全ての質問に、『何も知らない』と答えるよ」

「それでも構いません。ですが、その前に事件とは関係のない質問を一つします」

「雑談なら、喜んで応じよう」

「桐崎さんは、どんな検事を目指していたんですか」

意外だったのか、何度か瞬きをしてから、桐崎は口を開いた。

「罪を犯した人間は一人残らず起訴して、適切な刑罰が宣告されるように裁判官を導く。当たり前のことを当たり前にこなす検事だ」

その答えを、今瀬がキーボードで打ち込んでいった。

3

いつものように官舎で仮眠をとってから、黒のダウンコートを着て外に出ると、正門の前に架橋《かけはし》が座り込んでいた。

その傍《そば》で、黒猫がみゃあと甘く鳴いている。

「何してるの？」

『あっ、印藤さん。入れ違いにならなくてよかった』

立ち上がった架橋を見上げるように、黒猫は視線を動かした。満月のようなまんまるの目。細くて長い尻尾《しっぽ》。艶《つや》やかな黒い毛が夜の空気をまとっている。

「その猫は？」

『さっき出会いました。野良猫なので、名前は知りません。なんか、黒猫には死者が視えるみたいなんですよね』

「えっ、本当に？」

黒猫が、みゃあとまた鳴いた。

『話しかけても、みゃあみゃあ鳴くだけなので、確かめることはできません。でもこの子、明らかに僕のことが視えてません？』

「……そうだね。黒猫だけなの？」

『はい、僕が見聞きした限りでは。前を横切ると不吉なことが起きるとか、魔女の使い魔とか、オカルトと言えば黒猫ですからね』

雑な理由だと思ったが、死者をじっと見つめる黒猫が目の前にいるので、そういうものかと受け入れるほかない。

「黒猫を使って何かできたりは？」

『使い魔的なことですか？　残念ながら、ただ癒《い》やされるだけですね』

自分で訊いておきながら、そりゃそうだよなと恥ずかしくなり、「どうして官舎で待ってたの？」と取《と》り繕《つくろ》うように質問を重ねた。

『朱莉《あかり》さん、体調を崩して寝込んじゃってるんです。今日は、事務所も閉めることにしました。せっかく夜更かししてもらったのに、すみません』

夜更かしと言うべきか、早起きと言うべきか。

「大丈夫なの？」

『ただの風邪だと言ってました。見た目どおり、あまり身体が強くないんですよね。でも、数日で復活するはずです』

「そっか。わざわざありがとう」

急用があるわけでもないので、押しかけるつもりはない。日を改めて様子を見に行こう。日中であれば、コーヒーの淹れ方のコツも訊けるかもしれない。

『というわけで、調査報告は僕の口からお伝えします』

「若月さんの件？」

『もちろん。失踪《しっそう》した理由、気になっていますよね』

三日前の真夜中――。約束の時間になっても若月菜穂は事務所に姿を現さず、その日から行方がわからなくなっている。

「えっと、僕の部屋でもいい？」

『はい、お邪魔します』

僕たちが歩き始めると、黒猫もトコトコついてきたので、「ペット不可だから、その子は部屋に上げられないよ」と架橋に言った。

『仕方ないですね』

架橋は、名残惜《なごりお》しそうに駐車場の方に黒猫を導いて戻ってきた。

「扱いが上手だね」

『実家で飼っていたので。あの、印藤さん』

「なに？」

『官舎に死者を連れ込んだら、事故物件になっちゃいません？』

「……バレなければ大丈夫」

それならば黒猫も招き入れるべきだったかなと、少し反省した。

築二十年の官舎は、隣の部屋の生活音が丸聞こえだったり、天井に謎《なぞ》のシミがあったりと、可及的速やかに改善を求めたい点が多々あるが、部屋の広さと家賃の安さに関しては目を見張るものがある。

『男の一人暮らしって感じですね』

床に積み上がった大量の本や段ボール箱を見ながら、架橋が言った。

「汚くてごめん」

『ハウスダストとは無縁の生活を送っているので、大丈夫です』

「死者ジョーク？」

『レパートリーは豊富です』

久しぶりの来客だが、飲み物を出す必要も、温度を調節する必要もない。歓迎の気持ちでクッションを床に置いてみたけれど、ふかふかの感触も伝わらないはずだ。

「死者が視える生者に出会ったのは二回目だと、前に言ってたよね」

『はい。朱莉さんと印藤さんしか知りません』

「そっか」

架橋の事件を検察官の立場で担当した桐崎も、死者が視える生者の一人だ。桐崎の存在を、架橋は認識していないのか。先日の反応から察するに、深夜が二人の接触を拒んでいるのかもしれない。

あのとき、架橋が若月を探しに事務所を出ていかなければ……。

誰かが嘘《うそ》をついている可能性も考えられるが、詳しい事情を知らない僕が安易に踏み込むべきではないだろう。

『印藤さんの睡眠時間を削りたくないので、さっそく本題に入りますね。菜穂ちゃんの行方は、今のところわかっていません』

思考を切り替えて、架橋と向き合った。

「僕も日中に貯水池に行ったけど、いるべき場所にいなかった」

『朱莉さんも、初めてのパターンだと首を傾げてました』

「やっぱり……、おかしいよね」

『普通に考えると、菜穂ちゃんは成仏したことになります』

その可能性は僕も検討した。真夜中に姿が見当たらないだけなら、どこかで隠れているのではないかとも考えられる。だが、日中まで行方がわからないのはおかしい。死者のルールに従えば、事件現場に縛りつけられているはずだからだ。

「成仏の条件は満たしていないはずだよ」

『裁判が終わったのは、一ヵ月以上前のことですもんね』

「末永祥吾に有罪判決が宣告されても、若月さんは成仏しなかった。これまでに成仏と判決の間にタイムラグがあったことは？」

『ありません』

念のため、若月菜穂の事件で警察に動きがないか調べてみたが、解決済みの事件として、もはや担当者もついていなかった。再捜査が密《ひそ》かに行われているとは考えられない。

「死者が成仏したかを調べる方法はないのかな」

『うーん。僕たちが知る限りではないですね。姿を見かけなくなったら、成仏したんだろうなって解釈していました』

「物騒《ぶっそう》なことを訊くけど、死者を殺す方法に心当たりは？」

驚いたのか、架橋は目を少し見開いた。

『考えたこともありませんでした。成仏とは別の条件を満たすと、存在が消えちゃうとか？でも、それって成仏と一緒じゃないですか。もともと死んでるわけだから』

死者を殺す。矛盾を孕《はら》んでいることは承知している。

「そうだね。思いつきで話してみただけ」

『でも、面白い着眼点だと思います。朱莉さんみたいだ』

「彼女も何か言ってた？」

『死者のふり説を提唱していました』

少し考えたが、ピンと来なかったので、「どういうこと？」と聞き返した。

『印藤さんと出会ったとき、僕は生者のふりをしましたよね。あれの逆です。僕たちが貯水池で視ていたのは、死者のふりをした生者だったのではないかと』

「いや……、若月菜穂は、間違いなく亡くなっているよ」

両親が遺体を確認しているし、司法解剖も実施されている。若月菜穂が生きているというのは、さすがにあり得ない。

『言葉足らずでした。えっと、朱莉さんはなんて言ってたかな。あっ、そうだ。菜穂ちゃんが成仏した後、誰かが貯水池で死者のふりを始めた。要するに……、途中で死者と生者の入れ替わりが起きたという大胆不敵なアイディアです』

「末永に有罪判決が宣告されたタイミングで、若月菜穂は成仏していたってこと？」

『どう思いますか？』

若月菜穂とよく似た外見の生者がいたとしよう。日中は貯水池のほとりで身動きが取れないふりをして、僕や深夜のような生者の目を欺いた。

そんな生活を、一ヵ月以上も続けていたというのか。一体、何のために？

「僕は、思い立ったときに貯水池に様子を見に行っていた。タイミングを予想することはできなかったはずだよ」

失踪する数日前の日中も、僕は貯水池を訪れて、ほとりに立っている若月を目撃している。事前に誰かに訪問を告げたりはしていない。

『センサーを設置して、ホログラムを遠隔作動させていたとか』

「深夜法律事務所を再訪したのは、人型ロボットだったとでも言うつもり？」

どこまで真剣に取り合えばいいのだろう。

『そっちは、そっくりさんかもしれません。音を立てないように扉を開いて、朱莉さんの前に姿を現した。菜穂ちゃんは死者だという先入観を利用すれば、非現実的とは言い切れないと思いませんか？』

「入り口は施錠してないの？　僕が行ったときも開いてたけど」

『丑三《うしみ》つ時《どき》になったら開けてるらしいです。関係者が訪ねてくることがたまにあるので』

起きている時間帯だとしても、さすがに不用心ではないか。

「やっぱり無理があるよ。成仏していないように見せかけた理由も、僕たちを騙《だま》す目的も、何もかもがわからない」

そこで架橋は口元に笑みを浮かべた。

『朱莉さんも、同じようなことを言って、最終的には否定していました』

「お互い、行き詰まっているわけだ」

成仏できないはずの死者が、煙のように消えた。

死者の消失――。

それ以上に、何と表現すればよいのだろう。

死者のルールを前提にした上で、この事象を説明することができるのか。

4

折笠地検に立ち込めた暗雲は、時間が経《た》つほどその厚みを増していった。

宣言どおり、先日の取り調べで桐崎は、事件に関する質問に対しては『何も知らない』の一点ばりで、供述調書へのサインも拒否した。

証拠隠滅や守秘義務違反で桐崎を起訴するには、証拠書類の隠匿や、捜査情報の流出に関与した客観的な証拠の収集が必要不可欠だ。しかし、自白に頼らずとも有罪判決を導けるような物証の発見には至っていない。

このまま現状を打開できなければ、不起訴を選択せざるを得ない。取り調べで桐崎が語った捜査の見通しは的確で、全てを見透かされているような気味悪さを感じてしまった。

何も手を打たずに成り行きを眺《なが》めているわけにはいかない。突破口を見出《みいだ》すために、事件関係者から話を聞くことにした。

ストーカー事件の加害者、古河祐也《ふるかわゆうや》。

古河祐也の母親で、部総括判事として桐崎とも繋《つな》がりがあった、古河麻美《あさみ》。

示談の成立を理由に被害届を取り下げた、成瀬静寧《なるせしずね》。

今瀬に相談した上で、被害者の成瀬を最初に呼び出すことにした。

彼女が辛《つら》い立場に置かれていることを、僕は知っていた。被害者であるにもかかわらず、インターネットで誹謗《ひぼう》中傷に晒《さら》されていたのだ。

『現役検察官によるストーカー事件揉み消し騒動について、自称被害者の女子大生に関するタレコミをいただきました』

フォロワー数が三十万人を超える、いわゆる〝暴露系インフルエンサー〟がＳＮＳに投稿したのは、成瀬が風俗店で働いていたことを暴露するタレコミの紹介であり、虚偽の事実が再び拡散されてしまった。

ナース服を着た全身写真、モザイク加工を施した自撮り写真、成瀬と風俗嬢の〝まお〟を結びつけるプロフィール欄、風俗店の公式アカウントの投稿……。

清樹《せいじゅ》大学看護学科の学生に送信されたメールの内容を扇情的にまとめて、裏取りもせずに拡散を煽《あお》る。憶測が憶測を呼び、恋人が風俗店で働いていることを知った古河祐也が逆上して嫌がらせを行うようになったという、事実無根のストーリーができあがった。

コンカフェでアルバイトをしていただけで、風俗で働いていたというのはデマです——。

友人と思われるアカウントからの切実な訴えは、ほとんど拡散されず埋もれてしまった。

匿名アカウントによる投稿は、言葉の暴力に他ならなかった。

『自業自得』

『どっちもどっち』

『被害者面してるだけのビッチ』

『——この件について追加のタレコミをいただきました。自称被害者は、高校生のときに、自身の無修正動画や使用済み下着を販売していたそうです』

暴露系インフルエンサーはさらに、成瀬に非行歴があることを明らかにした。

どこから情報が漏れたのか定かではないが、この投稿は事実だ。成瀬は高校二年生のときに少年審判に付されている。ＳＮＳで知り合った不特定多数の男性に、わいせつ動画や着用済みの下着を販売して金銭を得ていた。

『どんどんボロが出るな』

『金のためなら手段を選ばない。看護学科に入ったのも医者目当てかな』

『無修正動画、見つけた人はこっそり共有してな』

そして、二百万円で示談に応じた事実が、さらなる批判を招いた。

最初から示談金を巻き上げることが目的で、被害届を出したのはパフォーマンスにすぎなかった。特定された成瀬のＳＮＳアカウントには、『守銭奴』というコメントが何十件も送りつけられた。

『とりあえず大学に苦情入れておいた』

『ストーカーと変態守銭奴の理想的なカップル』

桐崎による事件の揉み消し疑惑が取《と》り沙汰《ざた》されなければ、彼女がいわれのない誹謗中傷に晒されることもなかったはずだ。

だから、今回の事情聴取が一筋縄ではいかないことも覚悟していた。


成瀬の前にコーヒーを注いだマグカップを置くと、敵意のある目つきで睨《にら》まれた。

小柄な体格で、オーバーサイズのモヘアニットの袖《そで》を指先でぎゅっと押さえている。鼻《び》梁《りょう》を横切るようにそばかすが散っていて、どこか陰《かげ》のある顔立ちだ。

「ミルクと砂糖はいりますか？」

「いりません」

「温かいものを飲むと、気持ちが落ち着きますよ」

それでも成瀬はマグカップに手をつけず、硬い表情でパイプ椅子に座っている。

今瀬が、「寒かったら言ってくださいね。ひざ掛けもあるので」と微笑《ほほえ》みかけたが、そう簡単に打ち解けることはできなそうだ。

「僕たちは、桐崎逸己の事件を担当しています」

「……何も話したくありません」

「成瀬さんが辛い立場に置かれている責任を感じています。検察官の不祥事のしわ寄せが、被害者にまで及んでしまいました」

立ち上がって、「申《もう》し訳《わけ》ありません」と頭を下げた。

「どうせ、自業自得だって思ってますよね」

「というと？」

「非行歴ですよ」

「成瀬さんが受けた嫌がらせとは、何も関係がない。きちんと良識のある人は、責められるべきは誰なのか、正しく理解しています」

味方であることを伝えたかったが、成瀬の表情は硬いままだ。

「口だけじゃないですか。ツイッターのなりすましの相談に行ったときも、投稿者がわからないと動けないって取り合ってくれなかった。弁護士に依頼して、ようやく犯人がわかったのに……、今度は事件の揉み消し？　なんで邪魔ばかりするんですか」

「弁解の余地もありません」

「申し訳ないと思ってるなら、ネットで拡散されてるデマを消してくださいよ。どうして、私が叩かれなくちゃいけないんですか。それができないなら放っておいてください」

「誹謗中傷の件は、担当部署が――」

「結局、またたらい回しなんですね。一方的に呼び出して、何様のつもりですか」

成瀬が警察や検察に不信感を抱いているのは、当然のことだ。僕は、あくまで桐崎逸己の事件の関係者として、彼女を呼び出した。被疑者を起訴するために、有利な供述を引き出そうとしている。不誠実だと非難されてしかるべき対応なのかもしれない。

それでも、与えられた役割はまっとうしなければならない。

「桐崎逸己を起訴するために、成瀬さんの認識を聞かせてください」

「私には関係がない話ですよね」

「示談に応じた経緯が明らかになれば、批判も収まるかもしれません」

下唇《したくちびる》を噛《か》んで、成瀬は息を吐《は》いた。

「ネットで叩かれているとおり、お金目当てですよ。弁護士費用が五十万円以上かかって、コンカフェのバイトもクビになった。訴訟を起こしても、百万円くらい認められればマシな方なんですよね。あいつが起訴されたところで私には何の得もない。逆恨《さかうら》みされたら、次は殺されるかもしれない。だから示談に応じました」

「示談の話を持ちかけたのは？」

「あいつの弁護士です。突然家に来て、条件を説明されました」

「その弁護士は、被害届が出ていることをどうやって知ったのでしょうか」

示談書の作成日付は、捜索差押が実施された日の前日だった。事前に被疑者に察知されないよう、慎重に捜査を進めていたはずだ。

「そんなの知りませんよ」

桐崎から捜査情報を知らされた古河麻美が、弁護士に示談をまとめるよう依頼した……。そう考えるのが自然だが、現状では推測の域を出ない。弁護士に問いただしても、守秘義務を理由に回答を拒絶される可能性が高い。

「桐崎逸己と会ったことは？」

「ありません。あの……、もう帰ってもいいですか」

「もう少しだけ協力してください。古河祐也との関係性を教えてくれませんか」

「ただの元カレです。この話、もう何度もしましたから。あいつのことは、思い出したくもないんです。いい加減にしてください」

それ以上は何も聞き出せず、三十分ほどで事情聴取を打ち切った。

椅子に背を預けて、プレハブ小屋の天井を見上げた。

「空振りでしたね」今瀬は、手つかずのマグカップを持ち上げて、「ストーカー事件の供述調書は、後で取り寄せておきます」と言った。

「ありがとう。一応、成瀬さんの少年審判の記録も見ておきたい」

「必要ありますか？」

「念のために」

「……わかりました」

事件の揉み消しが問題になっているなかで、被害者の非行歴が明らかになった。少年審判においても、裁判官や検察官が手続に関与する場面は多くある。関係者が共通していれば、隠されていた繋がりが明らかになるのではないかと、わずかに期待していた。

「次に話を聞くとしたら古河祐也かな」

「それについてなんですけど……」

「拒否された？」

「いや、連絡がつかなくて」

被害届が取り下げられたこともあり、古河祐也の逮捕には踏み切れず、起訴するか否かを在宅捜査で見極めようとしている。担当しているのは別の検事だが、呼び出しには速やかに応じるよう伝えられているはずだ。

「わかった。ちょっと考えてみるよ」

「古河祐也は……、起訴できるんですかね」

「正直、難しいと思う。示談が成立していて、宥恕《ゆうじょ》文言まで入っている。成瀬さんに示談の意思がなかったなら話は変わるけど、あの様子だと撤回は期待できない」

「何とかしなくちゃって動いた結果、こんな状態になってるわけだから……、躊躇《ため》う気持ちもわかります」

「うん、そうだね」

捜査への協力を強制することはできない。示談金を返却せずに古河祐也の裁判で証言台に立てば、さらなる炎上を招くことは容易に想像できる。

「いずれにしても、八方塞《はっぽうふさ》がりになりつつありますよ」

「まだ全員から話を聞いたわけじゃない」

ポケットから携帯を取り出すと、深夜からの着信履歴が二件残っていた。電話番号は教えていたが、かかってきたのは初めてだ。

駐車場に出て電話をかける。五コールくらいで呼び出し音が途切れた。

「仕事中だよね？」挨拶《あいさつ》もないまま、そう訊かれた。

「うん」

「古河祐也の捜査って、無事に進んでる？」

どこかで行動を監視されているのではないかと思うほど、ピンポイントな質問だった。

「どういう意味？」

「行方がわからなくて困ってるんじゃないかと思って」

「……何か知ってるのか」

「やっぱり、まだ見つかってないんだね」

この件に深夜が一枚噛んでいるとは聞いていない。僕が相談しているのは若月菜穂の事件についてであり、どうして古河祐也の名前が出てきたのか困惑してしまった。

「担当は僕じゃないけど、彼と連絡を取りたいと思ってる」

「多分、どこにいるか教えられるよ」

「……え？」

「事務所を訪ねてきた。日中ではなく、真夜中に」

「それって――」

「古河祐也は、既に亡くなっている」

5

「これから遺体を確認しに行く」

そう深夜に宣言された以上、勤務時間を口実に検討の時間を求めることはできなかった。戻ってきてから有休を申請すると今瀬に告げて、僕はプレハブ小屋を飛び出した。何事かと驚いた表情を今瀬は浮かべていたが、理由を説明している余裕はなかった。

生者と死者を見分ける方法は、いくつもある。僕よりも死者との付き合いが長い深夜が、推測のみで電話をかけてきたとは思えない。

古河祐也は、既に亡くなっている——。

世間を騒がせている事件の被疑者の遺体が発見されれば、速報が僕の耳にも飛び込んでくるはずだ。タクシーで深夜法律事務所に向かいながら、身元不明遺体の発見が報じられていないかも調べたが、それらしき記事は見つからなかった。

何が起きているのか。古河祐也の生死を確認する方法は……。

事務所のインターフォンを鳴らすと、パーカーを着たラフな格好の深夜が出てきた。

「体調は、大丈夫なの？」

「うん。ただの寝起き。質問は車の中で聞く」

「……わかった」

僕がミニクーパーの助手席に乗ると、深夜はカーナビも起動せずにシートベルトを締めてアクセルを踏んだ。

目的地を訊こうとしたが、先に深夜が口を開いた。

「徹夜するつもりだったのに、八時頃にソファで眠っちゃったんだ。起きたら昼前で、すぐに累《るい》に電話をかけた」

「古河祐也が、事務所を訪ねてきたんだよね」

「そう」

「本人で間違いなかった？」

「そう名乗ってたし、流出している顔写真とも照らし合わせた」

成瀬静寧と古河祐也の顔写真がインターネットで拡散されていることは、僕も確認している。古河麻美と桐崎は、ニュースで流れる法廷内撮影の画像くらいしか出回っていないが、

ＳＮＳを利用しているか否かの違いだろう。

「架橋くんが連れてきたわけじゃないよね」

「どうして、そう思うの？」

「夜通し、彼と官舎で話していたから」

「へえ。青春だね」

若月菜穂の件の検討を終えてからも、検察官としての働きぶりなどを架橋はあれこれ僕に訊いてきて、官舎を出ていったのは日の出を迎える三十分ほど前だった。

「深夜が体調を崩したって教えに来てくれたんだよ」

「ああ……。そうなんだ。仮病じゃないよ。本当に寝込んでた。喉《のど》が渇いて一階に降りたら見知らぬ男が立っていてさ。さすがに驚いた」

薄々そうではないかと思っていたが、事務所兼自宅だったのか。それなら、真夜中に玄関を施錠していないというのは、なおさら不用心だ。

「どうやって事務所に辿《たど》り着《つ》いたんだろう」

「他の死者と同じように、何が起きているのかわからなくて、真夜中になってからあちこち動き回っていたんだって。いつもの流れだと、ニュースやネットの情報で死亡場所に当たりをつけて、昴《すばる》が二日後くらいに迎えに行く。でも今回は、見落としたまま時間が経った」

「遺体が見つかっていないからか」

「そう。夜な夜な彷徨《さまよ》って、他の死者を見つけて後をつけたらしい。言葉を発せないから、情報は足と目で稼がなくちゃいけない。その死者が事務所に入っていくのを見届けて、翌日、思い切ってガラスを通り抜けた――。以上」

ハンドルを握る深夜の横顔を見つめながら、僕は訊いた。

「どうして、彼は亡くなったんだ？」

「先走らないで。死者が記憶を取り戻すには時間が掛かるし、命を落とす直前の光景は最後まで欠落したまま。まだ遺体も見つかってないのに、死因がわかるはずない」

「当日の記憶が戻っていなくても、本人には何かしら心当たりがあるんじゃないか」

「正直に話してくれるならね」

「何と言われたんだ？」

「まずは、遺体を見つけてほしいと頼まれた。心の準備ができていないのかもしれないし、隠し事があるのかもしれない」

ネットストーキングの加害者――。直接話したことはないが、人物像は僕の中である程度浮かび上がっている。

「遺体を見つけてほしい……か」

「利用されるのが気に食わないなら引き返してもいいよ」

「一人で行かせるわけにはいかない。死亡場所は聞き出せたんだろう？」

「うん。日中縛りつけられている場所に、彼の遺体があるはず」

僕たちが第一発見者となれば、その経緯について警察に説明しなければならない。

どうして、弁護士と検事が行動を共にしていたのか。〝死者の知らせ〟と素直に打ち明けられれば楽なのだが……。

「夜明けまで待ったのは、僕に声を掛けるため？」

「既に死者になっている以上、腐敗の進行くらいしか焦って動く意味がないからね。さすがに午前中には見つけてあげたかったけど」

古河祐也の遺体を発見するために、深夜は車を走らせている。死者となった彼をこの目で視たわけではないので、いまだ実感が伴わない。

そこで僕は、ようやく気がついた。

「もしかして……、そろそろ目的地に着く？」

「うん。意外な場所でしょ」

見覚えがある光景。数日前に、この車に乗って同じ道を通ったばかりだ。

古河祐也の件とは無関係の事件の調査だった。次に訪れるのは、調査に進展があったときだと、そう思っていた。

一体、何が起きているのか。

五分も経たずに、深夜は駐車場にミニクーパーを停《と》めた。

「どうして――、ここに」

元カラオケ店の廃ビル。

若月菜穂が監禁されて暴行を加えられ、屋上から転落した場所だ。

「目が覚めたら、この建物の中にいたらしい」

「どこかの部屋ってこと？」

「そう。一階だって」

フロントガラス越しに一階の様子をうかがおうとした。

「あの車……、前来たときはなかったよな」

建物の外壁に側面がぶつかっているのではないかと思うほどの近さで、一台の車が停められていた。ワインレッドのＳＵＶの車体はコンパクトだが存在感があり、前回も停められていたら記憶に残っていたはずだ。

運転席から降りた深夜は、まっすぐＳＵＶの方に向かっていった。

「もぬけの殻だね」

車体の様子を確認していた深夜の身体がぴたりと止まった。リアバンパーの辺りで何かを見つけたようだ。僕も、背後から覗《のぞ》き込《こ》んだ。

「……一酸化炭素か」

その呟《つぶや》きの意図は、すぐに理解した。

排気口にゴムホースが取り付けられて、ガムテープで固定されていた。ゴムホースは地面を這《は》うように車体から離れて、廃ビルの方に向かっている。

一階の窓ガラスが割られていて、そこにゴムホースが差し込まれている。隙間《すきま》は、やはりガムテープで塞《ふさ》がれていた。

だから、外壁ぎりぎりに車が停められていたのか。

「窓ガラスを割るのはまずい？」

深夜に確認されたので、「荒らさない方がいい。建物の中に入ろう」と答えた。

入り口の自動ドアは作動していないが、力を入れると簡単に開いた。

受付カウンターやエレベーターを通り過ぎて、通路を速歩きで進んでいく。駐車場で窓ガラスの数を数えて、おおよその部屋の位置は見当をつけていた。

「多分、ここだ」

外枠が水色に塗装された１０３号室のドアには、長方形のガラスがはめ込まれている。カラオケルームでよく見かけるタイプで、通路からも室内の様子を覗くことができる。

だが、明かりもついていないので、目を凝らしてもぼんやりとしか見えない。

深夜に目配せをしてから、僕はハンカチを取り出した。指紋を付けないようにレバーハンドルに触れると、鍵《かぎ》は掛かっていなかった。

「……中には入らない方がいい」

正面の窓ガラスから、ゴムホースの先端が見えた。

自動車の排気ガスには一酸化炭素が含まれている。一酸化炭素中毒による自殺や事故は、管内でも定期的に発生している。

ソファ、テーブル、モニター、スピーカー、内線電話。まともな状態で残っているものはほとんどなく、破壊された備品の残骸《ざんがい》が室内に散乱していた。

そして、窓ガラスに近い位置に、うつ伏せで倒れている人物がいた。

この距離でも腐敗臭が鼻腔《びこう》に流れ込んできた。

深夜は無言で室内を観察している。

この部屋で――、古河祐也は死亡した。

同じ背格好、同じ服装の男性が、壁際に無表情で立っている。

遺体と死者……。何日も遺体を眺め続けたのだろう。

なぜ、成仏していないのか。その意味を、僕は深夜の隣で考え続けた。

6

　その日の夕刻、僕は櫛永次席の執務室に呼び出された。

「なかなか凄《すご》いことになったね」

　革張りのソファ、重厚感のあるウォルナットの机。決裁を受けるために何度も訪れたことがあるが、気さくな次席の人柄とはギャップを感じる校長室のような空間だ。

「ご迷惑をお掛けして申し訳ありません」

「謝ることではないと思うよ」

　古河祐也の遺体を廃ビルで見つけた後、僕はすぐに警察に通報した。余計な疑いをかけられないように、嘘は最小限に留めた方がいい。その認識は、僕と深夜の間で共通していた。どう説明するのかも、警察が到着するまでに話し合った。

「執務時間中に抜け出して、被疑者の遺体を見つけたわけですから」

「前者は、後で有給休暇を申請すると今瀬くんに伝えていたらしいから、特に問題はない。有休取得に理由は問われないしね」

「後者は？」

「いずれ誰かが見つけていただろうし、被疑者死亡による不起訴処分も、一つの決着の付け方だ。ただし、弁護士が一緒にいた理由は確認しないといけない」

　深夜の車で廃ビルへと向かった以上、彼女を現場から遠ざけることはできなかった。僕が無関係を装うという選択もあり得たが、道中での目撃者がいるかもしれないので、どちらも第一発見者として名乗り出ることにした。

「十二時前に深夜弁護士から電話がかかってきて、廃ビルで不審車両を見つけたと言われました。事件性があると思ったので、彼女の事務所で合流して車で現場に向かいました」

「現地で合流しなかった理由は？」

「その場に留まらせるのは危険だと判断したからです」

「警察ではなく、印藤くんに電話をかけてきたのはどうして？」

「何度か連絡を取り合っていたからだと思います」

事実関係を把握するために必要な質問を、次席はピンポイントで重ねていった。

「深夜弁護士が廃ビルに立ち寄った理由とも関係している？」

「はい。彼女は、若月菜穂さんの監禁致死事件を調べていました」

そこで次席は小さく息を吐いた。

おそらく、この答えが返ってくることを覚悟していたはずだ。末永祥吾を監禁致死と死体遺棄で起訴する。半年前に決裁を受けた際、廃ビルで何が起きたのかも口頭で説明した。

「終局した事件だよね」

「有罪判決が確定しています」

「深夜弁護士が担当していたの？」

「違います。ですが、冤罪の可能性を疑っているようで、捜査情報を教えてほしいと接触を受けていました」

協力を申し出たのは僕からだが、こう説明するしかなかった。

「根拠は？」

「そこまでは聞いていません。迂闊《うかつ》に捜査情報を漏らすわけにはいかないので、お互いに探り探りの状態でした」

「被害者が転落した廃ビルを調査しに行ったら、不審車両を見つけたと?」

「そのようです。排気口にゴムホースが取り付けられているのを見て、ただの違法駐車ではないと気がついたと言っていました」

廃ビルの駐車場に着いてからの出来事は、嘘偽りなく正直に打ち明けている。

「なるほどね。それで、実際どうなんだい?」

「というと?」

リクライニングチェアの肘掛《ひじか》けを、次席は指先で何度か叩いた。

「冤罪の可能性だよ」

「必要十分な証拠が揃っていました。末永祥吾も、捜査段階から一貫して罪を認めて、無罪主張もされていません」

判決宣告後も若月菜穂が成仏しなかった理由は、いまだに解明できていない。

「わかった。検事正にもそう報告しておくよ。ちなみに、深夜弁護士に接触された時点で、他の検事に相談しようとは思わなかった?」

「根拠を示されたわけでもないので、そこまでの必要はないと判断しました」

「まあ、一匹狼《いっぴきおおかみ》が多い職場だから仕方ないけど、もう少し周りを頼ってもバチは当たらないんじゃないかな」

「今後は気をつけます」

「この件はこれくらいにしておこう。喫緊の問題は、発見された遺体の方だ」

廃ビルの一室――、103号室で死亡していたのは、やはり古河祐也だった。

間もなく、各報道機関が速報を出すだろう。ストーカー事件の加害者として、彼の名前は既に広く知れ渡っている。今後、報道がさらに熱を帯びていくはずだ。

「どうして廃ビルに遺体が転がっていたのかは、まったくわかりません」

「深夜弁護士は何か言ってなかった?」

「いえ。予想もしていなかったみたいです」

櫛永次席のことは信頼しているが、死者とのやり取りについては言及できない。僕や桐崎の他にも、死者が視える検察官はいるのだろうか。

「現場の状況を、改めて教えてほしい」

103号室で見た光景を思い出す。

少人数での利用を前提にしているような、四畳ほどの狭いカラオケルーム。一年以上前に閉店したはずだが、モニターやソファなどの備品は処分されることなく放置されていたようで、床にはそれらの残骸が散乱していた。

入り口の開き戸は、施錠されていなかった。ドアを開いて室内に入ると、うつ伏せで倒れている人物が視界に飛び込んできた。グレーのニットを着ていて、右腕を前方に伸ばした体勢で事切れていた。

右腕の先には窓ガラスがあり、ゴムホースの先端が室外から差し込まれていた。それが室内の唯一の窓で、ひし形状にクロスさせた面格子が取り付けられていた。窓を割っても室内に侵入できないようにする防犯対策だろう。

ゴムホースの先端も面格子の手前で止まっていたが、そこから流れ出た自動車の排気ガスによって室内の一酸化炭素濃度が上昇したのではないか。

一酸化炭素は、無味無臭の気体だが極めて毒性が強い。空気中における濃度が〇・〇二パーセントに上昇すると頭痛に見舞われ、さらに濃度が上昇して、吐《は》き気《け》や目眩《めまい》などの中毒症状が進行すると、死に至ることもある。

ゴムホースを差し込むために割った窓ガラスの隙間や、室内の換気扇がガムテープで塞がれていて、密閉性を高めるための目張りだとすぐにわかった。

司法解剖の結果はまだ聞いていないが、直接の死因は一酸化炭素中毒のはずだ。

「いろいろと不可解な状況だね」

説明を終えると、櫛永次席は指先で顎《あご》を撫《な》でた。

「わざわざ廃ビルまで移動しなくても、車内で事足りたはずですよね」

「排気口にゴムホースを取り付けて、窓から車内に排気ガスを流し込む。人目につかない駐車スペースさえ確保できれば実行できるし、車内の方が室内より狭いから一酸化炭素濃度が上昇するのも早い。あえてあの廃ビルを選んだようにしか思えない」

僕も同意見だった。自動車の排気ガスを用いながら、一酸化炭素を充満させる空間は別の場所を準備した。そこに明確な違和感を覚えていた。

「他にも気になる点が？」

「室内が荒らされていたのはどうしてだろう」

「今回の件とは関係なく、肝試しや廃墟《はいきょ》巡りで訪れた人が荒らしたのかもしれません」

「ストレス発散で？　不法侵入者は音を立てないように細心の注意を払うものだよ」

「古河祐也が、中毒症状で苦しんで暴れた可能性もあります」

「死を覚悟して部屋に入った。でも、想像以上の苦痛に見舞われて耐えきれなかった。うん。それはあり得そうだ」

そこで、前提がずれていることにようやく気がついた。

「次席は……、自殺だと考えているんですね」

「司法解剖の結果が出るまでは保留だけど、死因が一酸化炭素中毒なら、自殺とみるのが自然だ」

「そうでしょうか。他殺の可能性も充分あると思いますが」

「入り口の扉は施錠されていなかったんだろう？」

「はい。逃げようと思えば逃げられる状況だったのに、室内に留まった。だから、自殺だと仰《おっしゃ》りたいんですよね」

「毒性が強いとはいえ、一酸化炭素は致死性の中毒作用をすぐに引き出すような劇物ではない。異変を察知した時点で部屋から退避すれば、死亡結果は生じなかったはずだ。死を望んでいたから室内に留まった。そう考えれば違和感は解消できる」

「睡眠薬で眠らせて室内に放置したのかもしれません」

外傷や薬物服用の有無は、司法解剖によっていずれ明らかになる。

「自殺であれば、あえて廃ビルを選んだ理由も、拘りの一言で片付けられる。一方で他殺の場合は、犯行の発覚を防がなければならないから、一つ一つの選択に合理性が求められる。どうして、車内ではなく、廃ビルの一室を殺害場所に選んだのか」

「自殺説が有力なことには異論ありません」

「納得していないように見えるけどね」

それ以前に、僕は自殺や事故死ではないことを確信している。古河祐也が成仏していない。その状況だけで、彼の命を奪った犯人の存在が浮かび上がっているからだ。

7

　プレハブ小屋に戻った後、県警の担当者に電話をかけて、捜査の進捗状況を聞き出した。桐崎逸己の一件で関係性が悪化したとはいえ、個人的な繋がりが絶たれたわけではないし、第一発見者を無下に扱えないだろうという打算もあった。

　司法解剖や事件現場の検分結果を整理して、地検内の記録庫で必要な情報を集めていると、あっという間に夜も更けていった。

　数時間後に死者の事情聴取が始まる……。考えておかなければならないことが山積みで、仮眠をとっている余裕はなかった。

　第一発見者として名乗り出た以上、今回の事件が僕に配点されることはないだろう。誰が担当検事になったとしても、真っ先に検討しなければならないのは事件性の有無だ。自殺と結論づけられた場合、そこで捜査が打ち切られてしまう。

　あの部屋で何が起きたのかはまったくわからない。ただ一つだけ確かなのは――、自殺が真相ではないということだ。

　いつもより早い午前二時に深夜法律事務所を訪れると、入り口の扉が施錠されていたので、インターフォンを鳴らした。

「こんな夜更けの密会がバレたら、懲戒ものなんじゃない？」

気だるそうに現れた深夜は、スウェットの上にカーディガンを羽織《はお》っていた。

「やましいことはしてない」

「そわそわしてるじゃん」

「とりあえず、中で話そう」

弁護士と遺体を発見するに至った経緯について次席に説明を求められてから、まだ半日も経っていない。僕に何らかの嫌疑がかけられている場合、行動確認のための尾行が行われていたとしても不思議ではない。

リスクは承知で深夜に会いにきた。初動捜査が何よりも重要だからだ。

「やっぱり怒られた？」

いつものテーブル席に僕は座り、深夜はコーヒーを淹れ始めた。

「説明したら納得してもらえたよ」

「理解がある上司でよかったね。私は危険人物認定されたんだろうけど」

冤罪の可能性を疑って、若月菜穂の監禁致死事件を調べ直している――。それ以上の情報は明らかにしていないが、普段は冷静沈着な次席も驚いているように見えた。

「関連性も不明だし、まずは古河祐也の死亡事件を最優先で調べることになると思う」

「死因はわかったの？」

湯気が立っているマグカップを両手に持って、深夜はテーブルに近づいてきた。その片方を受け取って僕は答えた。

「一酸化炭素中毒死」

「見たまんまか。死亡時期は？」

「まだ名前と死因しか公表されていない」

「清廉潔白のままでいたいなら、守秘義務は守った方がいい」

「他言無用の注意喚起だよ」

死者から話を聞くには、深夜の協力が必要不可欠だ。

「昴くらいしか話す相手もいない」

「僕たちが見つけた時点で、死後約三日が経過していた。それなりの時間放置されていたから、具体的な時間帯までは絞り込めていない」

「本人の認識とも合致している。道路からだと、あの車も見えない角度だったしね。遺体の発見が遅れたのは仕方ないか」

二日前にストーカー事件の取り調べが予定されていたが、時間になっても姿を現さず連絡が取れなくなったらしい。責任追及を免《まぬが》れるために逃亡したのではないか——。逮捕も視野に入れて行方を追っていたが、有力な情報を得られずにいたという。

コーヒーを一口飲むと、カウンターの方から黒猫が歩いてくるのが見えた。

「猫だ。飼い始めたの？」

「昴が連れてきた。黒猫は死者が視えるんだって。知ってた？」

「うん。この前、官舎で聞いた」

一度見ただけなので記憶がおぼろげだが、あの黒猫と瞳《ひとみ》の色が似ている気がする。

「死者がいないとおとなしいんだ。昴とか他の死者が事務所に立ち寄ると、ずっと甘えてる。撫でることができなくて、昴は寂《さび》しそうだけど」

「前に成宮くんの身体に触ってみたことがあるけど、不思議な感触だよね」

真夜中の時間帯にのみ、死者は一方通行的に現世に存在している。

触れられるだけで、力を入れて動かしたり、手を取り合うことはできない——。真夜中の死者と生者の違いは、現世に干渉できるか否かだ。その不完全さが、現世に留まる死者を苦しめているのかもしれない。

「黒猫は、気にせず顔を擦《こす》り付《つ》けてるよ」

「名前、まだつけてないの？」

「苦手なんだよ。ユーザー名とかキャラクターの名前も、自分じゃ決められない」

「事務所名も苗字《みょうじ》だしね」

悩んでいるうちに、架橋があっさり決めてしまいそうだ。

黒猫は、自由気ままにテーブルの周りを闊歩《かっぽ》してから、カウンターの方に戻ってしまった。その姿を目で追っていると、深夜が口を開いた。

「話を戻すけど、古河祐也が監禁されていた可能性は？」

「103号室で？」

「うん。一酸化炭素中毒で死亡するまで、どこかに縛りつけていたとか」

「それはほぼない」

そう答えると、深夜はわずかに首を傾げた。

「どうして？」

「僕たちが遺体を見つけたとき、室内がかなり荒れていたよね。あれは古河祐也が暴れ回ったからだとみられている。両手の拳《こぶし》に何ヵ所も裂傷があって、壁にも血痕《けっこん》が付着していた。つまり、自由に動ける状況だった可能性が高い」

「厄介な情報だね」

深夜が何を考えているのかわかったので、「睡眠薬の類も体内から検出されていない」と補足した。

「縛られていたわけでも、眠っていたわけでもない。それどころか、暴れ回っている。どうして部屋から出ていかなかったんだろう」

出口が施錠されていない部屋で、一酸化炭素濃度が上昇しても、中毒作用が進行しても、古河祐也は死が訪れるまで室内に留まり続けた。その理由を明らかにしなければ、自殺説を突き崩すことはできないだろう。

「室外に繋がるルートは、窓、換気扇、扉の二ヵ所だった。窓には鉄製の面格子が取り付けられていて、特殊な用具を使わないと外すことができなかった。目張りがされていた天井の換気扇は、人が通り抜けられる大きさではなかった」

「扉が施錠されていれば、密室だったわけだ」

「そもそも、あの扉には鍵がついてなかった。各都道府県で作られているカラオケボックス協会の通達で、個室に鍵をつけないように注意喚起しているらしい。知ってた？」

「初耳。何のために？」

脱線しているなと思いながら、僕は早口で答えた。

「違法な取引が行われたり、ラブホテル代わりに使われることを防ぐためじゃないかな。鍵がないせいで、ナンパとか酔っ払った客が乱入してくるデメリットもありそうだけど」

「わざわざ通達で定めるほどのことかな」

「足並みを揃えるためのルール作りだと思う」

「じゃあ、あの扉をロックする方法はなかったわけだ」

「うん。だから、出ようと思えばいつでも出られたはずなんだ」

そのような状態であったにもかかわらず、古河祐也は一酸化炭素中毒で死亡している。脱出できなかったのではなく、命を絶つために脱出しなかった……。櫛永次席が自殺説を推したのは、検察官として自然な思考の流れだ。

「自殺なら、部屋で暴れ回ったのが変だよね」

「苦しみに耐えるために、痛みでごまかそうとしたとか」

「睡眠薬を飲めば済んだ話なのに？」

「そこに引っかかるのはわかるけど、違和感だけじゃ自殺説を覆せない」

そう反論したが、深夜は頷《うなず》かなかった。

「閉じ込められていたと考えた方が自然なのは事実でしょ。何らかの理由で、扉を開くことができなかった。窓からも換気扇からも外に出られないから、出口をこじ開けるために暴れ回った。荒れた室内や、拳の傷は、その結果」

「扉を開けなかった理由を説明できるなら、筋が通ってると思うよ」

重要な点だと考えたのか、深夜は少し考える素振りを見せた。

「内開きのドアだったから、通路に物を置いてバリケードを作ることはできないよね」

「うん」

よく覚えているなと思いながら、僕は頷いた。

「ドアノブを通路側から引っ張り続けていたってのはどう？」

「古河祐也が力尽きるまで、ずっと？　ガスマスクをつけた犯人も室内にいて、ドアの前で仁王立《におうだ》ちになっていたっていう方が、まだ現実味があるんじゃないかな」

「事切れたのを確認してから、部屋を出ていった。いいじゃん」

「よくないよ。そんな面倒な殺し方を選んだ動機がまったくわからない。車内じゃなくて、わざわざカラオケルームに一酸化炭素を充満させたのも意味不明だし」

「そのいちゃもんは、自殺説にも当てはまるんじゃない？　車の方が簡単に死ねたはず」

「それはそうだけど……」

「あれが誰の車かも、もうわかってる？」

「古河祐也が借りたレンタカー。どこのレンタカー会社かも特定できている」

「店内の防犯カメラ映像も確認済み？」

「うん。一人で店に行って、一週間のウィークリーコースを申し込んでいる」

「ふうん」

　犯人がいると仮定すると、どのような流れを辿ったことになるのだろうか。

　何らかの口実で呼び出された古河祐也は、白ら車を運転して廃ビルの駐車場に到着した。そこで犯人に襲われて身動きを封じられ、車の鍵を奪われた。犯人は、古河祐也を廃ビルの一室に運んで窓ガラスを割り、車の排気口と繋いだゴムホースを差し入れてから室内の目張りを済ませた。何らかの理由で古河祐也は部屋を出ることができず、助けを求めて暴れ回ったが、やがて一酸化炭素中毒で死亡した――。

　重要なところの理由が欠落していて、説得力のあるストーリーとは言い難い。

「他に訊きたいことは？」

「遺体を発見したとき、現場の写真を撮っていたよね。ちょっと見せてくれない？」

撮影した画像が保存されているフォルダを開いて、携帯を深夜に渡した。警察も、第一発見者の携帯の中までは確認しない。

「確かに、かなりの暴れっぷりだね。窓の面格子にも血っぽいのがついてる。殴って壊そうとしたのかな」

　窓の辺りを拡大しながら、深夜は言った。

「ゴムホースをどうにかしようとしたのかもしれない」

「一方で、ドアは壊そうとした形跡がない。これは強化ガラス？」

「そうだと思う。割れなくて諦《あきら》めたんじゃないかな。血痕も、必ず付着するとは限らないし。もういいの？」

　携帯を僕に返してから、「うん。確認したかっただけ」と深夜は言った。

「気付いたことがあるなら、教えてくれない？」

「残念ながらタイムアップ。あとは、本人に疑問をぶつけよう」

　入り口を振り返ると、グレーのニットを着た古河祐也と目が合った。

　黒猫が、みゃあと鳴いた。

8

『あんたが印藤さん？』

　１０３号室で視た服装のまま、古河祐也はハイバックのチェアに座って話しかけてきた。

先ほどまで無関心を決め込んでいた黒猫が、足元でゴロゴロと喉を鳴らしている。

「うん。死者が視える検事」

黒猫を無視して、祐也は深夜の顔をちらりと見た。

『深夜さんから聞いたよ。犯人を見つけて、俺を成仏させてくれるんだろ？』

少し癖《くせ》のある黒髪のショート。腫《は》れぼったい瞼《まぶた》の細い目。大学生の中でも幼《おさな》く見えそうな顔立ちだが、口調は挑発的でどこかちぐはぐな印象を抱いた。

「担当は僕じゃない。でも協力はできると思う」

『取り調べで、さんざん詰められたからさ。検事を前にすると警戒しちゃうんだ。俺みたいな悪党が相手でも、ちゃんと味方してくれるわけ？』

「これはこれ、それはそれだよ。犯罪に巻き込まれたなら、被害者として接する。それに、死亡した被疑者を起訴する仕組みは、日本には存在しない」

相手にされていないことに気がついたのか、黒猫は大きくあくびをしてからカウンターの方に歩いていった。

『死者を成仏させる法律も、日本にはないんじゃない？』

「犯人の刑事訴追が、君の成仏に繋がる。犯人を見つけて起訴するのは、検事の使命だ」

『ご立派な心構えだね。まあ、よろしく頼むよ』

強がっているだけかもしれないが、現状への悲愴感を欠いているように見える。大学生で死亡したのだ。まだ現実を受け入れられていないのかもしれない。

「あなたの指示どおり、遺体を見つけた」

深夜が、僕たちの会話に割って入ってきた。

『ありがとう。ひどい状態だっただろ』

「それなりの日数が経っていたから、腐敗が進行していた」

『腐っていく自分の遺体を眺め続けるのって、かなりしんどいんだよ。嗅覚《きゅうかく》は機能してないのに、腐敗臭がイメージできちゃってさ』

何十時間もの間、自身の遺体と同じ空間に押し込められていたことになる。

「しばらくは、警察が現場検証で出入りすると思う。それが終わったら、また封鎖されて、不法侵入者しか訪れなくなる」

『心霊スポットになりそうだし、退屈はしなそうだけど』

「遺体がなくなっても、あの部屋に縛り続けられるのは嫌でしょ」

『そうだね。生き返ることができないなら、早くあの世に逝かせてほしい』

成仏のルールは既に説明していると、深夜は言っていた。命を奪った犯人が罰を受ける。その条件を満たすまで、祐也は103号室から解放されない。

「今日一日で、いろんな情報が手に入った」深夜はそう告げた上で、「でも、先入観を与えないために、まずはあなたの話を聞きたい」と祐也の反応をうかがった。

『まだ、何も思い出せていないよ。どうして廃ビルにいたのかもわからない』

「本当に?」

『嘘をつくメリットがないじゃん』

「たくさんの死者と接してわかったのは、彼らはときに嘘をつくってこと。刑法二百三十条二項は、死者の名誉毀損《きそん》について定めている。つまり、死者にも、生前の名誉があるんだよ。終止符が打たれた人生を汚したくない。立派な嘘の動機だ」

『俺の人生、死ぬ前から汚点だらけなんだけど』

「たとえば？」

『知ってるくせに』

「成瀬静寧さんは、あなたを殺したいほど憎んでいたかもしれない」

場数を踏んでいるだけあって、深夜は死者から話を聞き出す術《すべ》を心得ている。

『ストーカーの件は無罪放免なんじゃないの？』

「被疑者としてはね。あくまで、殺人事件の被害者として話を訊いている」

『へえ。あいつを疑ってるんだ』

風俗店で働いているという虚偽の事実を流布され、インターネットでも誹謗中傷に晒されている。桐崎逸己、暴露系インフルエンサー、なりすましアカウント……。いくつもの悪意が積み重なった結果だが、祐也がそのきっかけを作ったことは間違いない。

「彼女と付き合っていたんでしょ」

『あいつが、そう言ったのか』

「違うの？」

『いや、あってるよ』

「どうして復讐《ふくしゅう》代行を依頼したの？」

『他の男に寝取られて、ムカついたからだよ』

「おかしいな。成瀬さんは、揉めずに別れたって警察に話してるんじゃなかった？」

深夜が僕の方を見たので、頷き返した。

『適当な口実をでっちあげて別れたから、浮気がバレたって気付いていないんだろ』

「浮気された腹いせでデマを流したってこと？」

そう深夜が訊くと、祐也は嘲笑《あざわら》うように口《くち》の端《はし》を歪《ゆが》めた。

『風俗嬢と同じようなことをやってたんだから、ちょっと脚色しただけだよ』

「ほとんど原形が残ってないと思うけど」

眉《まゆ》を顰《ひそ》めた祐也に、「それ、取り調べでは話してないよね」と僕が指摘した。

『言えるわけないじゃん』

「どうして？」

『俺が復讐代行を依頼したって認めるようなものだろ。あいつもそれがわかっていたから、悲劇のヒロインを気取ろうとした』

彼女の浮気が原因で別れた――。そう祐也が取り調べで供述していれば、嫌がらせの動機があったことを前提に捜査が進められていただろう。

「復讐代行を雇ったのはどうして？」重ねて僕は訊いた。

『プロに任せればうまいことやってくれると思った。でも、あんなポンコツ業者に頼むくらいなら、自分でやった方がマシだったよ』

「報酬は四十万円。そんな大金、よく準備できたね」

『ご存知のとおり、母親が裁判官様だから』

「復讐代行の報酬だと正直に話したの？」

『好きに使っていいってクレカを渡されてた。不干渉な親なんだよ』

古河麻美は、シングルマザーとして祐也を育ててきた。ストーカー事件には一切関与していないと事情聴取で答えたらしい。

「示談金の二百万円は？」

『それは母親が勝手に話を進めた。俺は何も知らない』

「成瀬さんに非行歴があることは知ってた？」

『非行……』

そこで初めて、祐也は口ごもった。

「高校生のときの話だよ」

『聞いてないな』

違和感のある反応だった。本当に心当たりがないなら、どんな事件を起こしたのか訊いてくるのではないか。

追及しようとしたが、深夜に止められた。

「ストーカーの件はそれくらいでいいよ。私たちが明らかにしなくちゃいけないのは、彼の命を奪った犯人。成瀬さんは容疑者の条件を満たしていると思う？」

『殺したいほど憎んでいたかもしれない。そう言ったのは深夜さんじゃん』

「動機はあった。でも、廃ビルとの繋がりが見えてこない」

『繋がり？　初デートがカラオケだったとか、あの部屋で一発ヤったとか、そういう思い出はないよ』

「廃ビルで殺された理由、本当にわからないの？」

『どういう意味？』

「若月菜穂という名前に聞き覚えは？」

『誰だよ、そいつ』

廃ビルの屋上から転落して重傷を負い、貯水池に沈められた女子高生――。

僕と深夜は、若月菜穂の死の真相を明らかにしようとしていた。事件現場の一室で、別の事件の被疑者が遺体で見つかったのだ。関連性を見出そうとする気持ちは理解できる。

「車内に排気ガスを流し込めば事足りたはずなのに、あえて廃ビルの一室を選んだ。犯人にとっては、あの場所が重要だったことになる」

『だから、わけわかんないって』

「それは嘘。あなたは、若月菜穂が誰か知っている」

『……は？』

はったりだろうか。あの事件の情報を深夜に伝えたのは、担当検事だった僕だ。その中に、若月菜穂と祐也の繫がりを示唆《しさ》するようなものはなかった。

「しらばっくれても無駄だよ」

『根拠でもあるわけ？』

「現状が、全てを物語ってる」

『意味がわからないんだけど』

「はっきり言ってあげようか？」

僕が止める間もなく、深夜は続けた。

「あなたが誰に殺されたのかも、もうわかってる」

第四章　死者の廉潔

1

深夜《しんや》法律事務所で古河祐也《ふるかわゆうや》と相対した翌日、廃ビルでノートパソコンが発見されたことを僕は知った。正確には、パソコン自体は初動捜査の時点で見つかっていたが、安全性の確認やバックアップの作成などに時間を要したらしい。

入り口の自動ドアから見ると、右手にはエレベーターや階段が、左手には各部屋に通じる通路があり、受付カウンターは正面に位置していた。問題のノートパソコンは、カウンターの天板の上に置かれていたと説明を受けた。

廃ビルには電気が通っていなかったが、災害時などに用いられる大容量のポータブル電源とケーブルで繋《つな》がっていて、発見時もパソコンは起動したままだったという。

そして、画面の上部にウェブカメラが取り付けられていた。

オンライン会議で参加者の顔を映すためなどに用いられるウェブカメラだが、レンズの位置を調節すれば通常のカメラのように用いることもできる。

今回、レンズが映していたのは、各部屋に通じる通路だった。101号室から104号室まで――。一階の全個室の扉が画角に収まっていた。

ウェブカメラが撮影した映像は、パソコンのHDDに記録されており、録画時間は八十時間を超えていた。発見時も録画は継続していて、ポータブル電源もHDDも、まだ数日分の余力を残していたようだ。

パソコンについての一報を受けた二日後、録画映像を精査した結果を聞き出すことができた。複数の捜査担当者で、分割した撮影データを確認したのだろう。

通報を受けて駆けつけた警察官を除くと、八十時間を超える録画映像の中で、記録されていた人物は三人しかいなかった。

祐也、深夜、僕――。

遺体で見つかった被害者と、第一発見者が映っているのは当然だ。問題は、103号室の扉の前を通った人物が、この三人以外に記録されていないという事実である。

室内から外に通じるルートは、窓、換気扇、扉の三つ。窓には面格子が取り付けられていて、換気扇も人が通り抜けられる大きさではなかった。つまり、秘密の出入り口が存在しない限り、103号室に入るには、カメラで記録されていた扉を通るしかないはずだ。

データが加工されていた痕跡《こんせき》もなく、警察官が廃ビルに駆けつけた時刻から逆算することで、祐也が103号室に入ったのは午前四時頃だと特定できた。映像は、午前三時から四日後の午後一時までの約八十二時間、定点カメラのように撮られていたことになる。

司法解剖の結果と録画映像から、二つの事実が浮かび上がった。

一酸化炭素中毒で死亡した祐也は、撮影開始から約一時間後の午前四時に、103号室に入ったこと。そして、約八十時間後に僕たちが遺体を発見するまでの間、１０３号室の扉の前を通った者は一人もいないこと……。

もちろん、撮影開始前から室内に誰かが潜んでいた可能性は否定できない。しかし、その場合、映像に記録されずに脱出する方法がない限り、僕や深夜と鉢合わせていたはずだし、三日間も遺体と共に過ごしていたと考えるのは非現実的だろう。

施錠されていない部屋に祐也を閉じ込める方法として、深夜や僕が出したアイディアは、この映像によって否定されたとみるべきだ。何らかの装置を用いて扉を閉ざしたのだとしても、それを事後的に室内に入って回収することはできなかった。

映像に音声は記録されておらず、無人の通路が映し出されている時間が九十九パーセントを占めていた。

自由に出入りできたはずの扉、被害者と第一発見者しか事件現場に立ち入っていないことを裏付ける録画映像。自殺説を突き崩すためには、これらの問題を解決しなければならない。どうやって、祐也を１０３号室に閉じ込めたのか……。

さらに、パソコンのＨＤＤにはテキストデータも保存されていた。

＊

これを誰かが読んでいるということは、僕は既にこの世を去っているのだと思います。不可解な状況で遺体が見つかると警察の方々に迷惑をかけてしまうと思ったので、遺書の代わりにこの文章を残すことにしました。

僕は、自分の意思で死を選びました。手を煩わせてしまい申《もう》し訳《わけ》ありません。

車の排気ガスを密閉した狭い空間に充満させれば、一酸化炭素中毒で死ぬことができる。ネットで調べた知識を見よう見まねで実行してみたのですが、きちんと死に切れたみたいでよかったです。

一応、自殺方法も簡単に説明しておきます。

排気口に取り付けたゴムホースを窓に差し込んでから、室内をガムテープで目張りして、一酸化炭素が漏れないようにしました。あとは意識が遠のくを待つだけです。ガムテープやゴムホースは家にあったものを使いました。レンタカーの契約書類は、グローブボックスの中に入れておきます。

睡眠薬を使わなかったのは、少しでも長い時間苦しむためです。目眩《めまい》や吐き気《はけ》で死を実感したとき、それでも助けを求めず部屋に留まることができるか。自分に科す罰でもあるので、楽に死を迎えようとは思っていません。

ウェブカメラで撮影した映像がＨＤＤに保存されているはずです。それを見れば、自殺だと納得してもらえると思います。エラーなどでソフトが終了しない限り、計算上は五日以上撮影を続けることができます。その間に僕の遺体が見つかれば、誰も部屋を出入りしていないことを証明できますよね。

撮影が終了する前に僕は死んでいるはずなので、自動的に保存される撮影データには一切手を加えられません。もし気になる場合は録画映像を調べてみてください。

自殺の準備を進めるにあたって、僕は誰の手も借りていませんし、相談もしていません。全《すべ》て一人で決めて実行したことです。

最後に、僕が自殺を決意した理由を書き記します。

まず、世間を騒がせてしまっている成瀬《なるせ》静寧《しずね》さんに対するストーカー行為は、この件とは何も関係がありません。僕が言えたことではないのかもしれませんが、これ以上迷惑を掛けたくないのでご配慮をお願いします。

死ぬことは、ずっと前から決めていました。僕が生きていると、周りに不幸をばら撒《ま》いてしまうからです。死に場所を求めて、ただ生きながらえていました。

僕が死ぬべき場所は一つしかありませんでした。ただ、目を背けていたんです。

裁かれなくても、罰せられなくても、赦《ゆる》されるはずがないのに。

事件からまだ一年も経《た》っていないので、覚えている方も多くいると思います。

僕自身、一日たりとも忘れたことはありません。

命をもって罪を償います。

僕が、若月菜穂《わかづきなほ》さんを殺害しました。

2

パソコンに残されていたテキストデータは、大きな波紋を呼んだ。

睡眠薬を使わなかった理由、１０３号室への出入りを映像で記録した理由、廃ビルを死に場所に選んだ理由、遺書代わりの文章を残した理由。自殺説のウィークポイントを潰《つぶ》すように、短い文章で淡々と説明が加えられていた。

言い訳めいた文章だと僕は感じたが、捜査関係者の多くは別の受け止め方をしただろう。

古河祐也の死は自殺で処理できる。しかし、厄介な置き土産を残されたと――。

若月菜穂を殺害したという突然の告白。未解決事件ならまだしも、二ヵ月前に末永祥吾《すえながしょうご》に有罪判決が宣告されて確定している。決着がついたはずの事件が、蒸し返されてしまった。

真相解明に繋がる新たな情報がもたらされたと、楽観的に捉《とら》えることはできない。

すぐに検事正に呼び出されて、担当検事として事情聴取を受けた。

事件の捜査や訴追に不備はなかったか、取り調べではどのような供述をしていたのか……。櫛永《くしなが》次席から既に報告を受けているはずだが、静観しているわけにはいかないと判断したのだろう。前回と同じ説明を繰り返したが、検事正の納得は得られなかった。

深夜が冤罪《えんざい》を疑って動いていた事実が、テキストデータの発見によって再び着目された。行動を共にしていた僕が怪しまれるのは仕方がないことだった。

テキストデータを作成したのは祐也ではない。彼の命を奪った犯人が、自殺の偽装工作の一環として現場にパソコンを残した――。他殺を前提に検討を積み重ねてきた僕と深夜は、そのように理解した。だが、若月菜穂の殺害について言及された箇所は、どう解釈すればいいのか答えを出せずにいた。

自殺に見せかけるだけならば、若月菜穂の名前を出す必要はなかったはずだ。

祐也に濡《ぬ》れ衣《ぎぬ》を着せようとしたのか。あるいは……。

服役中の末永祥吾から話を聞くしかない。今回ばかりは上層部の決断も早く、刑務所との日程調整を経《へ》て、折笠《おりかさ》地検で事情聴取を実施することになった。

検事正は、僕以外の検事を相対させるべきだと考えたようだが、短時間で頭に叩《たた》き込《こ》めるような事件記録の量ではなく、他《ほか》に適任者がいないと最終的には判断された。
ここが正念場だよ――。打ち合わせを終えた後、次席はそう言って僕の肩を叩いた。

プレハブ小屋を訪れた末永祥吾は、不安げな表情で僕と今瀬《いませ》の顔を見た。

刑務官が、一礼して部屋を出ていった。

「楽にしていいよ」

坊主《ぼうず》に近い短髪。モスグリーンのシャツとパンツ。架橋《かけはし》が着用しているのと同じ刑務所の作業着だろう。過酷な日々を送っていることが、やつれた青い顔を見ただけでわかった。

今の年齢は二十二歳。出所する頃には、三十歳が間近に迫っているはずだ。

「久しぶりだね」

「……印藤《いんどう》検事ですよね」

「うん。刑務所での生活にはもう慣れた？」

「少しずつですけど、何とか」

刑務官が出ていった扉をちらりと見てから、僕は訊いた。

「ここに連れてこられた理由、何か説明を受けてる？」

「僕に訊きたいことがあるって、それだけです」

刑務所でも一部の新聞や週刊誌は読むことができるが、ノートパソコンに保存されていたテキストデータの内容については、まだ公にされていない。

「時間が限られているから、単刀直入に訊くね。古河祐也という名前に聞き覚えは？」

「誰ですか、それ」

「自白したんだ。若月菜穂さんを殺害したって」

「……え」

今瀬の視線を感じた。祐也が死亡したことを告げなかったからだろう。事前に刑務官から話を聞いたが、直近の面会記録はなく、新聞なども購読していなかったらしいので、祐也の死を認識していない可能性が高いと判断した。

「もう一度訊くけど、古河祐也が誰か、本当に知らない？」

「知りません」

「じゃあ、簡単に説明するね。二十一歳、法学部に通う大学生。母親は裁判官。高校生の頃から折笠市に住んでいる。異動が多い裁判官だけど、シングルマザーということもあって配属地は配慮されていた。折笠家裁の少年部から、折笠地裁の刑事部に――。折笠地家裁での勤務は、今年で五年目になる」

「………………」

古河親子の経歴を明らかにしても、末永は無言で俯《うつむ》いていた。

「若月菜穂さんを殺害した。そう聞いて、言葉を失うくらい驚いたよ。だってあの事件は、君に有罪判決が宣告されて確定しているから。廃ビルの屋上から転落した若月さんを、車で貯水池まで運んで遺棄した。全て君が一人でやったことなんだよね」

取り調べで犯行態様を詳細に打ち明け、裁判でも無罪主張はされなかった。

「そうです」

「学校の近くの路上での目撃者もいたし、解体業者の防犯カメラにもミニバンの処分を依頼した君の姿が映っていた。自白だけではなく、客観的な証拠が揃《そろ》っていたから、監禁致死と死体遺棄で起訴した。でも、最後まで明らかにできなかったことがある」

末永の反応を観察しながら、「犯行動機と――、君と被害者の繋がりだ」と続けた。

「またその話ですか」

「正直に答えてもらっていないからね」

「答えたくないことは答えなくていい。黙秘権を行使しただけです」

「うん。だから、自白に頼らずに、接点を見つけようとした。高校生と大学生。住んでいる場所も離れていたし、アルバイトや趣味も含めて、行動範囲は重ならなかった。若月さんの家族や友人から話を聞いても、君を知っている人はいなかった」

徹底的に身辺調査を実施したが、有益な情報は何一つ手に入らなかった。

「動機なんて、どうでもいいじゃないですか」

「有罪判決を導くだけなら、確かに動機を明らかにする必要はない。だけど、遺族が動機を明らかにしてほしいと望むのは当然のことだ。どうして、娘が命を奪われなくてはいけなかったのか。犯人が裁かれるだけでは、被害者や遺族は救済されない」

「このやり取り、勾留《こうりゅう》中に何回もしましたよね。刑務所に入っても、まだ付き合わなくちゃいけないいんですか」

末永は、投げやりな表情で息を吐《は》いた。

「表面的な接点は、古河祐也と君の間には見出《みいだ》せなかった。若月菜穂さんも、それは一緒。でも、着眼点にさえ気がつけば、全員を繋げることができた」

円を描くようにデスクを指でなぞった。

「着眼点?」

「非行歴だよ」

「……何が言いたいんですか」

「心当たりはあるだろう」

デスクから指を離して、僕は続けた。

「高校三年生のときに、大麻所持で捕まって少年審判に付されているね。アルバイトをしていたライブハウスで譲り受けた大麻を、営業終了後に複数のスタッフと使用した。常習性はなく、両親が指導監督を約束したから、少年院には入らずに済んだ」

「そんな昔のこと――」

「その少年審判で、君に保護観察処分を言い渡した審判官が、当時家裁の少年部に配属されていた古河麻美《あさみ》だった」

「覚えていますよ。でも、ただの偶然です」

考える時間を与えないように、矢継ぎ早に言葉を重ねた。

「一つの少年審判だけなら、偶然で言い逃れられたかもしれない。だけど、もう一件あるんだ。言い分を聞かせてもらおうか」

机の上に置かれた一冊のファイルを手に取って、末永に見せた。

背表紙には、『成瀬静寧』と書かれている。

「知らない人です」

「ストーカー事件の被害者として、今は捜査に協力してもらっている。その事件の加害者とされているのが、古河祐也だ」

「だから……、何ですか」

被害者であるにもかかわらず、成瀬はインターネットで誹謗《ひぼう》中傷に晒《さら》されている。火種の一つとなったのは、彼女自身の非行歴だった。

「成瀬さんも、高校二年生のときに少年審判に付されている。自ら撮影したわいせつ動画や着用済みの下着をSNSで販売して金銭を得ていた。結果は保護観察処分。その事件を担当したのも、古河麻美だった」

成瀬の少年審判の記録を取り寄せたのは、ストーカー事件との間に共通点がないかを探るためだった。担当審判官の欄に『古河麻美』と書かれているのを見て、記録を隅《すみ》から隅まで読み込むことにした。

その結果、意外な繋がりが明らかになった。

「僕は無関係です」

「成瀬さんが通っていた高校の名前が記録に書かれていて、既視感があった。所属していた部活は吹奏楽部。時間が掛かったけど、何とか思い出せたよ。成瀬静寧さんと若月菜穂さんは、同じ高校の吹奏楽部の先輩後輩だった」

監禁致死事件が起きたとき、成瀬静寧は高校三年生で、若月菜穂は高校二年生だった。

時系列に沿って情報を整理して、末永に伝えた。

「君と成瀬さんは、少年審判で古河麻美に処分を言い渡されている。しばらく経ってから、成瀬さんの後輩の若月さんが死亡して、君が逮捕された。さらにその数ヵ月後、成瀬さんはストーカー被害を警察に相談して、古河祐也が関与していたことが明らかになった。そして、古河祐也は若月さんを殺害したと自白した」

「…………」

末永祥吾の前歴も、成瀬静寧の前歴も、捜査段階から概要は把握していた。

だが、担当裁判官が誰かまでは気にしていなかったし、仮に確認していてもそれ以上深く調べようとは思い至らなかっただろう。

古河麻美の息子——祐也の死によって、状況は一変した。

「これでも、偶然って言い張るつもり？」

「僕は……」

「この後、古河麻美の事情聴取も予定している。これが最後のチャンスだ」

長い沈黙が流れた。今瀬も、末永の顔を見つめている。

「どうして、今さら蒸し返すんですか」

「決着をつけなくちゃいけないからだよ」

祐也が若月菜穂の死に関《かか》わっていたのだとすれば、一年近くもの間、末永は取り調べにおいても裁判においても、真相を胸に秘めていたことになる。黙秘権を行使しただけだと言ってしまえばそれまでだが、生半可な覚悟では実行できないことを僕は知っている。

どうして、自分だけが。そのように考えてしまうのが人間の性《さが》だ。

不条理を承知でイレギュラーな選択をしたのであれば、相応の理由が求められる。大切な人を守るため——。自己犠牲的精神がまず思い浮かんだ。

だが、祐也と末永の間には、古河麻美を通じた間接的な繋がりしか見出せていない。

残された可能性は……。

「脅されていたんじゃない？」

握りしめた拳《こぶし》を見つめたまま、末永の肩が上下に揺れた。

「四年前の少年審判の記録を読み直した。大麻所持で逮捕されたのは男女四人。地下にあるライブハウスで、大麻を吸いながら大騒ぎをしていた。通報を受けた警察が駆けつけたとき、君を含めた全員が服を脱いで――」

「やめてください！」

突然の大声に、今瀬がびくりと反応した。

「最初に言ったとおり、古河祐也が罪を認めた。口を噤《つぐ》む意味はもうないんだよ」

「本当に、自白したんですか」

「正確には、『若月菜穂さんを殺害しました』と記載されたテキストデータがパソコンから発見された。これ以上のことは、現時点では言えない」

供述の信用性に関わるやり取りなので、正しい情報を伝えるべきだと判断した。

末永の視線が左右に動いたのを見て、落ちた、と心の中で呟《つぶや》いた。

「なんで……、どうすればいいんだよ」

「古河祐也も、若月菜穂さんの死に関わっているんだね」

「あいつが全部悪いんです」

ここで身を乗り出したら、こじ開けた扉が元に戻りかねない。

「全て話してくれるね」

「……はい」

今瀬に目配せしてから、質問事項を頭の中で組み立てた。

「接触してきたのは、向こうから？」

「突然、大学に現れて、『あんたの過去を知っている』と言われました。高校時代の大麻のことを言っているんだと、すぐにわかりました。知り合いがいない東京の大学に進学して、人間関係をリセットしたのに……」

「同級生に言いふらすって脅されたの？」

「まず、写真を見せられました。大麻でキマってる僕が写っていて……、同級生に見られたら、ドン引きされて縁を切られるような写真でした。どこで手に入れたのかも最初はわからなかったけど、とにかく終わったって思いました」

「事件記録の証拠？」

驚きが顔に出ないように注意しながら僕は訊いた。

「そうです。母親が裁判官で、僕の事件を担当していたと」

検察官も裁判官も、事件記録の管理には細心の注意を払うよう指導されている。被告人や被害者の個人情報や機微な事実が、多数記載されているからだ。検討や起案のために記録を持ち出す際には、記録簿への記載が最低限求められる。

古河麻美が自宅に持ち帰った少年審判の記録を、祐也が撮影していたというのか。

「その時点で、事件から数年経っていたはずだよね」

「気に入った事件の記録は、スマホで撮影して何度も見返していたそうです」

「そういう収集癖《へき》があったってこと？」

末永は、躊躇《ためら》いがちに頷《うなず》いた。

「関わっちゃいけないヤバい奴《やつ》だと、すぐにわかりました。逃げ出したかったけど、写真をばら撒かれたくなかったから、話を聞くしかありませんでした」

事件記録を盗み見ていただけではなく、欲求を満たすためにデータを保存していた。

実際に起きた犯罪の痕跡が綴《つづ》られた事件記録は、フィクションとは異なる刺激に満ちている。その感覚は理解できないわけではない。

だが、当時、祐也はまだ高校生だったはずだ。その頃から犯罪に興味を示していた。母親の目を盗んで他人の事件記録を撮影して、何度も見返していたのか――。

歪《ゆが》んでいる。そう思ってしまった。

「コレクションを自慢しに来たわけじゃないよね」

「お願いを聞いてくれたら、データを削除する。断ったら、大学のキャンパスにばら撒く。保存している写真は、十枚以上ありました」

「何を頼まれたの？」

「女子高生の写真を見せられて、『この女から取り上げてほしいものがある』と言われました。それが、若月菜穂さんでした」

「取り上げる？」

「さっき、成瀬さんの少年審判についても話していましたよね。自分で撮影した動画とかを売って金儲《かねもう》けをしていた。その事件記録も、あいつは撮影して保存していた。それを脅迫のネタに使って、成瀬さんに接触したんです」

口ごもりながら、祐也と成瀬のやり取りを、末永は明らかにした。

「高校は停学で済んだけど……、事件の内容が広まって、教室でも浮いていたみたいです。あいつは……、自撮り動画を成瀬さんに見せて、言うことを聞かなかったらクラスメイトにばら撒くと脅したと言っていました」

既に噂《うわさ》が広まっていたとしても、クラスメイトに動画を見られるのは別次元の屈辱であり、絶対に避けたいと考えたはずだ。

「古河祐也は何を要求したの？」

「同じような自撮り動画を……、もう一度撮影しろと」

動画それ自体を欲していたわけではないだろう。脅迫に屈して動画の撮影に応じる——。その過程に満足感や興奮を覚えていたのではないか。

「それで成瀬さんは？」

「多分……、若月さんに相談したんだと思います」

そこで若月菜穂の名前が出てくるのか。仲の良かった部活の後輩ならば、相談することもあり得るのではないかと思った。

「——続けて」

「若月さんは、あいつに直接会って、成瀬さんのデータを削除するよう頼みました。でも、あいつは当然のように拒否して、むしろ他の人間に相談した罰として、動画をクラスメイトに送信すると告げたそうです」

「状況が悪化したんだね」

「それでも……、若月さんは立ち向かいました」

「どういうこと？」

「一連のやり取りを、携帯のレコーダーアプリで録音した。脅迫で告訴されたくなければ、若月さんに二度と近づかないと約束しろと、逆に交換条件を突きつけたんです」

毒をもって毒を制す。そんなやり方で、若月菜穂は要求を呑《の》ませようとしたのか。

「その録音データが、〝取り上げてほしいもの〟？」

「気に食わない。あいつは、そう言っていました。自分のしたことは棚に上げて、若月さんを敵だとみなしたみたいです。それで……、僕に襲撃を命じました」

裁判官の息子が、過去の事件記録を用いて脅迫に及んだ——。

その事実が明るみに出れば大問題になっていただろう。祐也はもちろん、母親の古河麻美も記録の管理責任を問われていたはずだ。

若月菜穂が手にした爆弾は、それほど強力なものだった。祐也は、窮地に追いやられていることを自覚していたのではないか。

速やかに手を打たなければならない。そう考えたのだとしたら。

「君は、脅迫に屈したんだね」

「刃向かった若月さんを、徹底的に攻撃するような奴なんですよ。断ったら、本当に写真をばら撒かれることが目に見えていた。怖かったんです」

「廃ビルに拉致《らち》したの？」

言いたいことは山ほどあったが、情報を引き出すことが最優先だ。

「何時まで学校にいて、何曜日は一人で帰ることが多いか。必要な情報は口頭で伝えられました。下校中の若月さんに、『古河祐也が君と話したいと言ってる』と声を掛けました」

「若月さんは抵抗しなかったの？」

「拒否して帰ったら、成瀬さんの動画をばら撒く。そう伝えたら、車に乗ってくれました。廃ビルに着いたときはさすがに警戒していましたが、成瀬さんのデータを削除させるために覚悟を決めたみたいです」

「……それで？」

「その場で録音データを削除させても、バックアップを取っているかもしれない。だから、痛めつけて刃向かったことを後悔させろと指示されていました。あとは、取り調べで話したとおりです」

養生テープで椅子《いす》に縛って、殴る蹴《け》るの暴行を一方的に加えた。隙《すき》を見つけて拘束を逃れた若月菜穂は屋上に向かったが、転落して全身を地面に打ちつけた……。

この場で末永が語ったストーリーと、当時の捜査情報との間に矛盾が生じていないか、頭の中で照らし合わせた。

「結局、録音データは削除したの？」

「その前に逃げられました」

「君が話したような録音データは発見されていない」

若月菜穂の携帯も、末永の携帯も、二人の繋がりを明らかにするために徹底的に調べた。脅迫を仄《ほの》めかすデータが保存されていたら、その過程で見つかっていたはずだ。

「取り調べで追及されなかったので驚きました……。はったりだったんだと思います」

祐也の暴走を止めるために、咄嗟《とっさ》に携帯を取り出して、録音していたように装ったのか。

「被害者が転落したあと、君はどうした？」

「パニックになって、足が動きませんでした。どうしたらいいかわからなくて……。いつの間にか、あいつが近くに立っていました」

「古河祐也が現場に来たんだね。連絡をしたの？」

「いえ。実行日は伝えていたので、様子を見に来たみたいです。何が起きたのか説明したら、あいつは冷静で……。若月さんの遺体を隠すしかないと言われました」

駐車場に横たわっている若月菜穂を見下ろす二人の男性。転落後に合流した人物がいた。捜査や裁判では、その存在が完全に見落とされていた。

「まだ息があることには、古河祐也も気付いてなかった？」

「そうだと思います。トランクに乗せて貯水池に運んで、スーツケースと一緒に沈めました。一人だったら……、きっと途中で諦《あきら》めていました」

「古河祐也も、貯水池までついてきたんだね」

「はい。貯水池に着いてからの作業も、二人で分担しました」

若月菜穂の直接の死因は、水中に沈められたことによる窒息死だ。

遺体を運んだミニバンを処理して痕跡を抹消しようとしたが、異変に気がついた解体業者から通報があり、末永の元に警察が辿《たど》り着《つ》いた。

「だいたいわかったよ」

計画の共有、それぞれの立場、転落後の犯行への関与。

末永に対して有罪判決が宣告されても、若月菜穂は成仏しなかった。

なぜ、そのような状況に陥《おちい》ったのか。

冤罪を疑っていたが、答えはもっとシンプルだった。

共犯関係――、つまり、罰を受けるべき生者は二人いたのだ。

3

末永の取り調べを終えた後、僕は若月菜穂の両親の家を訪ねて、聴き出した情報を伝えた。なぜ、娘は命を奪われたのか。彼らには、真相を知る権利がある。

「菜穂は……、友達を助けようとしたんですね」

父親は、ハンカチを握りしめながら、絞り出すように言った。

成瀬静寧が起こした事件については彼らも認識していた。停学処分を受けて、吹奏楽部を退部してからも、若月菜穂は距離を置かず、頻繁に連絡を取り合っていたらしい。

だからこそ、祐也に脅されて追い詰められたとき、成瀬静寧は助けを求めたのだろう。

高校生だけで解決できるトラブルではなく、教師や警察、両親などに相談するべきだった。対応を誤った結果、最悪の事態を招いてしまった。

「自分が何とかしなくてはいけないと、そう考えたんだと思います。成瀬さんの件が保護者会で問題になったときも、お世話になった先輩だから……、これからも仲良くしたいと菜穂は言っていました」

声を震わせながら、父親は続けた。

「でも……、どうして菜穂が死ななくてはいけなかったんです。何も悪いことはしていない。巻き込まれただけじゃないですか」

脅迫者を脅し返す。若月菜穂の行動が最善の解決策だったとは評価できないだろう。

だが、非難されるような落ち度があったわけでもない。巻き込まれたという父親の表現は、この事件の理不尽さを端的に言い表していた。

母親は、「私は、成瀬さんと関わってほしくなかった」と、感情を吐露した。

「自分の下着を見ず知らずの相手に売るような……、常識が欠如した子ですよね。今だって、別のトラブルに巻き込まれているじゃないですか」

若月菜穂が死亡してから、まだ一年も経っていない。その間に両親の心情にどのような変化があったのかは、想像することも難しい。

共犯者の存在が明らかになっても、既に死亡しているため、裁判が開かれることはない。失われた命は取り戻せない。それ以上は、掛ける言葉が浮かんでこなかった。

家を後にしたとき、すすり泣く声が、背後から聞こえてきた。


末永の供述によって、成瀬静寧が嘘《うそ》をついていたことが判明した。

祐也との関係性を〝元恋人〟と言っていたが、脅迫してきた相手と付き合っていたというのはあまりに不自然だし、そのいざこざについて事情聴取では一切言及されていない。

改めてプレハブ小屋に呼び出すと、成瀬静寧は半《なか》ば開き直って供述を翻《ひるがえ》した。

言いなりにならなければ、動画をばら撒く。そう脅された後、祐也からは連絡が途絶え、若月菜穂が遺体で発見された。祐也が事件に関与している確証はなく、逮捕された末永とも面識がなかったため、警察に話す必要はないと判断したらしい。

相談してから一ヵ月も経たずに、若月菜穂は失踪《しっそう》している。少なくとも不審に思ったはずだ。それなのに警察への情報提供を躊躇《ちゅうちょ》したのは、保身のための沈黙に他ならないだろう。正直に打ち明けていれば、警察が祐也に辿り着いていたかもしれない。

若月菜穂が死亡して約二ヵ月が経った頃、成瀬静寧が風俗店で働いていることを暴露するメールが大学の学部生に一斉送信された。それまで祐也からは何の連絡もなく、この件に関わっているとは予想していなかったという。

そして、警察に祐也との関係性を問いただされ、咄嗟に元恋人と答えた。

古河祐也が嫌がらせに及んだ理由はわからない。若月菜穂の一件のほとぼりが冷めるのを待って、刃向かった罰を与えたのだろうか。

脅迫のネタに使った動画を流出させれば、事件記録を無断で撮影していた事実が発覚する危険性があった。捏造《ねつぞう》した情報を流すことで、成瀬静寧に制裁を加えた……。

異常な執念が垣間《かいま》見えて、鳥肌が立った。

関係性を偽ったのは、祐也も一緒だ。深夜の事務所で相対した際、成瀬静寧と付き合っていたことを祐也は否定しなかった。若月菜穂の死に関わっていることを、僕たちに隠そうとしたのだろう。

死をもって刑罰から逃れても、非道な行為は世間から糾弾される。

生前の名誉を守るためならば――、死者は嘘をつく。

深夜の発言の意図を、僕はようやく実感をもって理解した。新たな事実が発覚するたびに、何を信じればいいのかわからなくなる。

一連の事件には、まだ隠された秘密があるはずだ。

古河麻美を呼び出して話を聞こうとしたが、参考人としての事情聴取は拒否すると回答があった。懲戒審査の結果が出るまでは捜査に協力することは難しい。とうてい納得できない理由だったが、参考人から強制的に話を聞く制度は存在しない。

桐崎《きりさき》にしても、古河麻美にしても、法に精通している人間は、その抜け道も熟知している。検事は、法律という枠組みの中でしか真実を追求できない。

生者が口を閉ざすのであれば……。

死者の言葉を、拠《よ》り所《どころ》にするしかない。

4

「どいつもこいつも、クズだね」

開店休業中の『喫茶店　まよなか』で末永の取り調べの結果を伝えると、深夜は不愉快そうに眉《まゆ》を顰《ひそ》めて毒を吐いた。

「末永祥吾がどいつで、古河祐也がこいつ？」

「入れ替えても可」

時刻は十九時。天気予報によれば、夜にかけて初雪が降るかもしれないらしい。

「脅されて、協力するしかないと考えた。悩みに悩んだ結果なのかもしれないけど、同情の余地はないと僕も思ったよ」

「未成年のときに起こした事件とはいえ、結局は身から出た錆《さび》でしょ」

名無しの黒猫が、カウンターの上でまどろんでいる。

「手厳しいな」

「写真をばら撒かれるのを防ぐために、脅迫してきた古河祐也に危害を加えたなら、まだわかるよ。でも、菜穂ちゃんには何の落ち度もなかった。そこで立ち止まれなかったくせに、今さら被害者づらする感覚が理解できない」

末永を庇《かば》うつもりはない。事情聴取の最中も、明確な嫌悪感を抱いていた。

「最初から暴力を振るう前提で、若月さんを監禁しているわけだしね。こんなことになるとは思いませんでしたは通用しない。末永が主犯だった事実は変わらないし、脅された事実を加味しても、情状酌量《しゃくりょう》の余地はないと思う」

懲役八年の宣告刑も、妥当性を失ったわけではないだろう。

「一生をかけて罪を償えって説教してきた？」

「それは検事の役割じゃない」

刑務所では、刑務作業だけではなく矯正教育も実施される。事件の真相が明らかになったことで、罪と正しく向き合うきっかけになればいいのだが。

「おかしな点はまだある」

「たとえば？」

「どうして、逮捕された後に、古河祐也の存在を警察に伝えなかったの？　身を挺《てい》して庇うような関係性じゃないよね」

「真逆だと思う」

「道連れにしたいって考えそうなものだけど」

その点については僕も気になり、事実関係の聴取を終えた後に追及した。

「末永は、古河祐也に監禁致死の共犯が成立することを認識していなかったらしい」

「二人で貯水池に行って、菜穂ちゃんを沈めたのに？」

「主導的な立場だったのは古河祐也で、計画を事前に共有していたし、犯行の一部を共同で遂行している。僕たちみたいな法律を齧《かじ》っている人間なら、監禁致死の共犯が成立することがすぐにわかる。でも、末永は法的な知識を持ち合わせていなかった」

弁護人に対しても真相を伏せていたので、助言を受ける機会もなかったはずだ。

「無罪放免にならないことくらいはわかったはずだよ」

「転落した時点で被害者は死亡したと、末永は勘違いしていた。古河祐也の手を借りたのは、被害者の死亡後だと認識していたことになる」

顎《あご》に手を当てて、深夜はしばらく考えていた。

「その勘違いで、何かが変わる？」

「共同で遂行したのは、死体の遺棄――、つまり後始末だけ。被害者の命を奪った責任は、結局自分一人が問われる。だから、本当のことを話しても道連れにできない」

「少なくとも死体遺棄の共犯は成立するでしょ」

「古河祐也が、後始末だけでは罪に問えないと、末永に説明したんだってさ」

「ああ、そういうことか。どこまでも狡賢《ずるがしこ》い奴だ」

納得したように、深夜は頷いた。

「裁判官の息子とはいえ、どこまで共犯論を理解していたのかは怪しいけどね。もちろん、これだけだと沈黙を貫《つらぬ》く動機にはならないから、餌《えさ》をぶら下げる必要があった」

「口止め料？」

「正解。大麻の写真の完全削除と、現金三百万円のセット」

「逮捕を免《まぬが》れられるなら端金《はしたがね》か。どうせ、母親のお金だろうし」

受け取った現金の在処《ありか》は聞き出せなかった。回収できる日を夢見て、刑務所での日々を耐え抜くつもりだったのだろう。

「古河祐也の存在を明らかにしても、自分の罪は軽くならないし、共犯者に死の責任を問うこともできない。おとなしく口を噤めば三百万円を受け取れる。突きつけられた二択のうち、末永が選んだのは後者だった――」

「救いようがない真相だね」

「若月さんの遺族も、言葉を失っていた」

娘の命を理不尽に奪われ、共犯者の一人は罪を償うことなく死亡した。

窮地に陥った友人を助けるために、勇気を振り絞る。称賛されるべき立派な行動だ……。

そんな言葉は、両親にとって何の救いにもならないだろう。

「累《るい》は、どう思った?」

「質問が漠然としすぎてるだろ」

「考えなくちゃいけないことが、いくつかあるよね。菜穂ちゃんが成仏できなかった理由、時間が経ってから姿を消した理由。まずは、この二つか」

死者のルールに関する疑念は、僕たちが解き明かさなければならない。

「有罪判決が宣告されても成仏しなかったのは……、裁かれていない罪人が残っていたからだと思う」

「つまり?」

「共犯者全員に罰が与えられないと、成仏の条件を満たさないんじゃないかな」

「そうだね。これまでに私が関わってきた事件は、全て単独犯だった。共犯の可能性を疑うべきだったのに、冤罪と決めつけたのは私のミス。反省してる」

「責任を押し付けるつもりはないよ」

単独犯か共犯かは、検察官が見極めるべき事項だ。末永と祐也を監禁致死の共犯で起訴していれば、有罪判決が宣告された時点で若月菜穂は成仏していたのだろう。

「菜穂ちゃんが姿を消した理由は?」

「――成仏したんだと思う」

「古河祐也は起訴されていないのに？」

僕が知らない間に、祐也の刑事裁判が開かれていたというのはあり得ない。

「一つ確認させてほしい。最初に成仏の条件を確認したとき、罰を受けるべき生者が裁かれると、死者は彼岸へ渡れる。そして、〝裁き〟は有罪判決の宣告を意味していると、深夜は言ったよね」

「そう記憶している」

「経験則に基づく推測と理解していい？」

「そうだね。さっきの共犯論と一緒。開き直るわけじゃないけど、死者が視《み》えるようになったのは一年前。全てのケースを網羅《もうら》できているとは思っていない」

これまでに深夜が関わった死者の中で、有罪判決以外の事情によって成仏したパターンは存在しなかった。だが、例外の可能性を排除するには絶対数が不足していた。

死者のルールも、疑ってかかるべきだったのだ。

「罰を受けるべき生者が裁かれる――。その条件は間違っていないと思う。ただ、〝裁き〟の解釈は一つじゃなかったのかもしれない」

「具体的には？」

「罪人に適切な刑罰を国家が科すための手続が、刑事裁判だ。一方で、犯罪に対する責任の追及方法は、時代の変遷と共に変化してきた。近代国家以前では、自力救済や復讐《ふくしゅう》が容認されていた時代もあった」

「刑罰は、贖罪《しょくざい》における十分条件にすぎないと？」

僕が頷くと、深夜は言葉を続けた。

「命をもって罪を償う。つまり……、犯人が死亡した場合も成仏の条件を満たす。そう考えているんだね。時系列を整理して気付いたの？」

「うん。若月さんが失踪したタイミングと、古河祐也の死亡時期が合致していた」

司法解剖の結果とウェブカメラの録画映像によって、祐也の死亡時期は絞り込めている。祐也が廃ビルの103号室に入ったのは午前四時。同じ時刻に、若月菜穂は深夜法律事務所を訪れるはずだった。

祐也が一酸化炭素中毒で死亡したことで、若月菜穂は成仏したのではないか。

「概《おおむ》ね同意見。少し休憩しようか」

カウンターの上で毛繕《けづくろ》いをしている黒猫と、コーヒーを淹《い》れる深夜を眺《なが》めながら、思考を整理した。

監禁致死事件の犯人と、若月菜穂の成仏。手遅れと非難されても否定できないほど時間が掛かってしまったが、真相に近づくことができたはずだ。

だが、多くの疑問がまだ積み重なっている。

祐也は、なぜ命を奪われたのか。施錠されていない103号室から脱出できなかった理由。何のために犯人は通路の映像を撮影して、テキストデータを残したのか。

「お待たせ。今日はアイスコーヒー」

「ありがとう」

ザクロやバラなどの華やかなフレーバーが鼻腔《びこう》をくすぐる。上品な甘さも感じる軽やかな飲み口で、グラスの中で氷がからんと音を立てた。

「焦りは禁物。少し落ち着いた？」

「古河祐也の事件、自殺前提で捜査が進んでる。このままだとマズい。捜査が打ち切られる前に、犯人に辿り着く必要がある」

「そろそろタイムリミットか」

「何を考えているのか教えてほしい」

　祐也と事務所で相対した際、『あなたが誰に殺されたのかも、もうわかってる』と深夜は言った。夜が明けてから名前を聞き出そうとしたが、はぐらかされてしまった。

「廃ビルで死亡していたことや、さっき累が話した時系列から、あの時点で私は、古河祐也が菜穂ちゃんの事件に関わっている可能性が高いと考えていた」

「だから、二人の間に繋がりがあると断言したのか」

「末永との共犯が真相だという確信までは、さすがに持てていなかったけど」

　パソコンから発見されたテキストデータや、末永の自白によって、深夜の仮説の正しさが裏付けられた。

「そこまでは理解できている。でも、古河祐也の命を奪った犯人がわかったっていうのは、論理が飛躍していないか？」

「地続きだよ。というか、犯人は自分の存在を隠そうともしていない」

　深夜の発言の意図が汲《く》み取《と》れなかった。

「もったいぶらずに教えてくれないか」

「検察官なら、自分で辿り着かないと。必要な情報は全て揃っている。あとは、組み合わせの問題。ちなみに、残り時間は十分くらいしかない」

「103号室が施錠されていなかった問題も、通路の映像が録画されていた問題も、答えが出てると？」

「見せ方を工夫しているだけで、どっちもただの子供騙《こどもだま》しだよ」

そこで深夜は人差し指を立てた。

「時間が迫ってるし、ヒントをあげる。菜穂ちゃんの事件と一緒で、犯人は一、人、じゃない。どう？　思わせぶりで、第一ヒントっぽいでしょ」

「……共犯ってこと？」

「そう。引っかけクイズみたいな、被害者の手を借りた自殺とかではないから安心して」

犯行を分担することで、一人では突き崩せない状況を突破したということか。

だが、録画映像を精査した結果、祐也が入室してから僕と深夜が遺体を発見するまでの間に、103号室の扉を出入りした者はいないことが明らかとなっている。

「第二ヒントは？」

「カラオケボックス協会の通達」

「え？」

「各都道府県で作られているカラオケボックス協会の通達で、個室に鍵《かぎ》をつけないように注意喚起している。そう累が教えてくれたけど、半信半疑だったから調べてみた」

携帯に表示した通達の概要を、深夜は僕に見せた。
◇未成年者の深夜立入制限の掲示をしているか
◇二十歳未満者の喫煙・飲酒禁止の表示があるか

◇たばこ・酒類の自動販売機が設置されていないか（年齢識別装置が付いているか）
◇ドアに内鍵が付いていないか
◇室内が見通せる大きさの窓があるか

「この通達がヒント？」

そう訊くと、深夜は頷いた。

「二つのヒントで、鍵と録画映像の謎解《なぞと》きは簡単に答えを導ける。本番は、その先なんだよ。与えられた材料だけで、どうやって犯人を追い詰めるか」

「もしかして……、これが関係してる？」

一つの条項を指差した。答える前に、深夜は満足げに微笑《ほほえ》んだ。

「やっと追いついたみたいだね」

全てを理解したわけではないが、おぼろげな閃《ひらめ》きが頭を掠《かす》めた。そして、これまでに深夜が語ったヒントについても、着目すべき点が見えてきた。

共犯による殺害……。誰と誰が手を組めば、あの状況を作り出せたのか。

カラオケボックスの特殊性を利用して、犯人は何を成し遂げようとしたのか。

「タイムアップ。本番での活躍を期待してるよ」

扉が開く音がして、黒猫が僕たちの前を横切っていった。

染《し》み付いた死者の匂《にお》いに反応するように――。

桐崎逸己《いっき》は、黒猫を冷たく見下ろした。

5

予定されていた来訪だったのだろう。挨拶《あいさつ》もなく、深夜は桐崎に話しかけた。

「逃げずに来てくれてありがとう」

「面白い話を聞かせてくれるんだろう？」

今日の桐崎は、黒のタイロッケンコートを着ている。バックルが付いたコートのベルトが、懐刀《ふところがたな》のように腰元で存在感を放っている。

「場所を変えた方がいいでしょ。好きに決めていいよ」

「じゃあ、廃ビルに行こうか」

「わかった」

最低限のやり取りのみで、深夜はアイスコーヒーを飲み切って立ち上がった。

どうして、場所を変える必要があるのか。質問する機会も与えられず、二人の後を追って駐車場に向かった。今にも雪が降り出しそうな寒空。廃ビルに着いても、駐車場は深い暗闇《くらやみ》に包まれているはずだ。

ミニクーパーの助手席に乗ると、「末永祥吾が口を割ったらしいな」と後部座席の桐崎に話しかけられた。

「捜査情報を漏らすつもりはありません」

「共犯関係を見落としていたが、末永の有罪判決は間違っていなかった。冤罪という最悪の事態は免れたと、安心してるんじゃないか」

「挑発にも乗りません」

「心配してるんだよ。弁護士と手を組んで、捜査中の事件や過去の事件を調べている。事情を知らない刑事や検察官からすれば、立派な裏切り行為だ。いいように利用されて、用済みになったら切り捨てられる。そうなる前に手を切った方がいい」

深夜は反応せず、無言でハンドルを握っている。

「組織を裏切ったのは、桐崎さんですよね」

「何の話だ」

「まだしらばっくれるつもりですか」

加害者の古河祐也は死亡してしまったが、ストーカー事件の揉《も》み消《け》しについても、何らかの形で決着をつけなければならない。

「死者が視えて、条件を満たせばコミュニケーションも取れる。検察官として、この能力を最大限に活《い》かさなければならない。俺も、最初は印藤と同じように考えて深夜と手を組んだ。警察の捜査方針に口を出したこともある」

「死者を成仏させることが、事件の真相解明にも繋がる――。恥ずべきことではないのに、どうして途中で投げ出したんですか」

ルームミラーにも映らない位置に座っているので、桐崎の表情は見て取れない。

「一検察官が足掻《あが》いたところで、有罪率を信奉して無罪判決を過度に恐れる検察思想は揺るがない。だから、やり方を変えることにした」

「取り調べでも、同じようなことを言っていましたね」

「真相究明のための起訴より、安牌《あんパイ》を取るための不起訴を善とする。このマインドセットを崩さない限り、成仏できない死者は増え続ける」

犯人を起訴して、古河祐也を成仏させることができるか……。

まさに今、僕たちが直面している問題だ。

「起訴に堪え得る材料を揃えて、決裁官を説得する。それ以外の方法はないはずです」

「ハードルが高すぎることが問題なんだよ」

落ち着いた声色で桐崎は続けた。

「有罪率が下がれば、起訴のハードルも低くなる。法学部生でも理解できる単純な論理なのに、どうして目を背けるんだろうな」

罪を犯した人間は一人残らず起訴して、適切な刑罰が宣告されるように裁判官を導く。それが検察官のあるべき姿だと、桐崎は取り調べで主張していた。

「検察官は、有罪率の呪縛《じゅばく》から解放されなければならない。そう言っていましたね」

「今も同じ考えだ」

「その手段が、事件の揉み消しだったと言うんですか」

肯定も否定もせず、桐崎は話題を変えた。

「死者とのやり取りで、鮮明に記憶に残っている出来事が二つある」

ハンドルを握っている深夜が、「廃ビルに着くまではだんまりを決め込むと思ったのに、ペラペラよく喋《しゃべ》るね。今からでも事務所に戻ろうか？」と言った。

「録音されていても構わない話題だからだよ。死者についての小話が警察の手に渡っても、正気を疑われるくらいで困ることは何もない」

「ああ、そう」

盗聴の可能性を排除するために、桐崎が指定した場所に移動しているのか。

「一年前に架橋昴《すばる》が死亡したことで、俺は死者が視えるようになった。それからしばらくは、死亡事件が管内で起きると、地検と事務所を行き来していた」

「今の僕と同じ生活ですね」

「それまで以上に、絶対に犯人を起訴しなければならないと意気込んでいたよ」

「誰にも相談しなかったんですか」

「死者が視えるようになったと？　常識的に考えて打ち明けられるわけないだろう。印藤は誰かに話したことがあるのか」

「まだありません」

今瀬や櫛永次席にも、事情を説明することを避けてきた。

「賢明な判断だ。メンタルケアを徹底した方がいい。有罪判決の宣告を聞き終えた後、事件現場に立ち寄るたびに、もし成仏していなかったらと……、頭がおかしくなりそうだった。毎回、時限爆弾の導火線を切らされている気分だったよ」

「それが記憶に残ってる出来事ですか」

桐崎の口からは、架橋以外の死者の名前はまだ出ていない。

「そんなある日、管内で監禁致死事件が起きた」

「……若月菜穂さんの事件ですね」

思わず身体《からだ》が動いて、シートベルトが肩に食い込んだ。

「ああ。死亡した三日後くらいに、あの事務所で話をした。死者の基本的なルールを伝えて、覚えていることがあれば教えてほしいと頼んだ」

その当時も、深夜と桐崎は共に動いていたのか。

「初動捜査の時点で担当していたのは、桐崎さんですよね」

若月菜穂の遺体が発見されたのは三月の上旬。それから僕が折笠地検に異動してくるまでの約一ヵ月間――、今瀬とペアを組んで事件の捜査にあたっていたのは桐崎だった。

「事件性があることは明らかだった。すぐに捜査本部が立ち上がったが、解体業者から通報があるまで、有力な情報は得られなかった。若月菜穂からも、初回の来訪では踏み込んだ話は聞き出せず、このままではマズいと焦っていた」

重要参考人として末永祥吾の存在が浮かび上がったのは、僕が事件を引き継いだ後だった。桐崎が関わっていた時点では、手探りで捜査を進めていたはずだ。

「末永祥吾が起訴されても、若月さんは事務所に来なかったんですよね」

「いや、違うよ」

「え?」

「確かに、二度目の来訪には少し時間が掛かった。その一方で、司法解剖の結果などから、多くの疑問が浮上していた。若月菜穂から話を聞くことができれば、捜査は大きく進展する。そう確信していた」

「それで……、どうしたんですか」

「貯水池に行って、若月菜穂に捜査状況を伝えた」

事件現場に生者が足を運べば、一方的に話しかけることはできる。

遺体に養生テープの残骸《ざんがい》が付着していたことや、高所から転落したと思われる全身骨折の解剖結果などを口頭で伝えたという。

「何か反応があったんですか」

「初回の来訪から一ヵ月後くらいに、彼女は事務所に来た」

「初耳だな」深夜が呟いた。

「まだ体調を崩すことはあるのか？」

「なるほどね。人が寝込んでるときに、勝手に事務所で話したんだ」

「留守番を任せるくらいの信頼関係を築けていたのは事実だろう。タイミングが重なったのは偶然だよ。椅子に座って、本当のことを話します、と言ってくれた」

深夜に代わって、「それまで黙っていたのは、成瀬静寧のためですか？」と僕は訊いた。

「そうだ。事件が起きる何週間も前の出来事だから、古河祐也とのいざこざは死者になった時点で記憶が戻っていた。だが、真相を明らかにするには、成瀬静寧の前歴にも触れざるを得ない。しばらくは捜査の進捗《しんちょく》を見守るつもりだったらしい」

覚悟を決めて事務所を訪れた若月菜穂は、覚えていることを桐崎に打ち明けたのだろう。祐也との間にトラブルが発生していた事実を、捜査機関は認識していなかった。

「じゃあ……、僕に事件を引き継いだ時点で、共犯者の存在に気付いていたんですか」

「ああ」

「どうして、報告しなかったんです」

担当検事だったのに、そんな話は一切僕の耳に入っていない。

「若月菜穂から話を聞いた後、古河祐也の周辺をすぐに調べ始めた。印藤に事件を引き継いでからも、個人的な調査は続けた。だが、古河祐也は尻尾《しっぽ》を出さなかった」

「報告しなかった理由を訊いています」

「証拠もないのに、共犯者がいると言い張って誰が信じる？　事前の脅迫も、共犯者同士のやり取りも、廃ビルや貯水池での犯行も、古河祐也の関与を裏付ける痕跡は何一つ見つからなかった」

「だからって……」

「その間に捜査は進展して、末永祥吾の起訴が決まった。監禁致死の単独犯。自白も証拠も揃っていた」

「調べ直せば、何か見つかる可能性はあったはずです」

「逮捕したタイミングで？　起訴決裁を終えたタイミングで？　検事正の判子が押された時点で、その事件の終局処分は決定する。よほどの事情がない限り、捜査もそのまま打ち切られる。死者の証言を伝えても、当時の印藤は聞く耳を持たなかっただろう」

「それは――」

「手遅れだったんだ。軌道修正は間に合わないと判断した」

根拠を示さずに、古河祐也が共犯者だと結論だけを伝えられても、確かに受け入れることはできなかっただろう。

「末永祥吾と、成瀬静寧の前歴。そのどちらにも、古河祐也の母親が裁判官として関わっていた……。死者の話を持ち出さなくても繋がりは示せたはずです」

「その程度の情報で、決裁を白紙に戻す決断ができたと？」

櫛永次席や検事正の納得を得ることは、確かに難しかっただろう。

だが、その決断は担当検事がするべきことだ。

「古河祐也から話を聞けば、犯行の一部を認めて強制捜査に踏み切れたかもしれません」

「あの男と言葉を交《か》わした上で、そう言ってるのか？　あり得ないよ。良心の呵責《かしゃく》を感じるような人間なら、あんな事件は起こさない」

桐崎の主張を肯定することは、とうていできない。

「若月さんの成仏を最優先で考えていたなら、黙殺するなんて選択は取れなかったはずです。それに……、一緒に動いていた深夜にも相談しなかったのは、なぜですか」

その問いに答えたのは、桐崎ではなく運転席の深夜だった。

「邪魔されたくなかったからでしょ」

「どうして、そう思うんだ？」桐崎が訊いた。

「今になって思い返すと、桐崎の単独行動が増えたのは、その頃からだった。それに、私が菜穂ちゃんと事務所で顔を合わせていないのもおかしい」

「寝込んでいたからだと言っただろう」

「じゃあ、三回目以降は？　あの事務所は私の自宅でもある。何度も密会することは難しい。意図的に私を遠ざけた。そう考えるのが自然」

「何のために？」

「だから、私に邪魔されずに目的を達成するため。累に事件を引き継いだときから、計画は動き出していた」

「何が言いたいのかわからないな」

初めて事務所で会ったとき、深夜は敵対心をむき出しにして僕を追い返した。

死者が視える検察官——。その肩書から、かつて行動を共にしていた桐崎を重ね合わせたのではないだろうか。

「時間がもったいないから、記憶に残ってると言った、もう一つの出来事も当ててあげる。何らかの死亡事件が起きた後、犯人と目されていた人物が死亡。その結果、現世に縛りつけられていた被害者が成仏した」

「さすがだな。あってるよ」

「犯人の死因は、自殺か病死？」

「自殺だ」

何の話をしているのか、理解が追いつかない。

「大々的に報じられた事件なら、私や昴も死者の動向を気にして、成仏に気付いていたはず。私たちが認識していないのは、すぐに犯人が命を絶ったから？」

「ああ。まだ第一報も出ていなかった」

死者のルールについて言及しているのだろう。犯人が死亡した場合も、被害者は成仏する。だが、それが今回の件にどう関係しているのか。

「どんな事件だったのかも話さなくていい。無意味な情報だし」

制限速度ぎりぎりで車を走らせながら、深夜はルームミラーをちらりと見た。

「どうやって古河祐也を殺したのかは、現場で説明する」

6

僕と深夜のボディチェックを終えた後、答え合わせを始めようか、と桐崎は言った。

プレハブ小屋での取り調べの際もそうだったが、桐崎は発言に最大限の注意を払っている。失言がどのような事態を招くのかを、経験則的に理解しているからだろう。

しかし、録音機を忍ばせていないか確認するほど警戒しているなら、呼び出しに応じなければよかったのではないか。これからの展開を、僕はおおまかにしか予想できていない。

移動中は気がつかなかったが、粉雪が舞い始めていた。

雪が降り積もることはなさそうだが、吐く息は白く、肌寒さを感じてコートのポケットに手を入れた。車のヘッドライトをつけたまま、僕たちは駐車場に立っている。

やがて深夜が口火を切った。

「さっきも言ったとおり、桐崎が古河祐也を殺害した。それが答え」

桐崎は僕の方を見て、「人を犯人呼ばわりするときは、何を明らかにしなければならないか、彼女に教えた方がいいんじゃないか」と言った。

「検事の論理に従うつもりはない。この結論に至った過程を、これから私が説明していく。起訴できるか否かは、累の判断に任せるよ」

そう前置きした上で、深夜はゆっくり喋り始めた。

「事件の犯人が誰かを論じる際に、犯罪の動機を過度に重視してはいけない。司法修習で、検察起案でも刑事弁護起案でも、指導担当教官に口すっぱく言われた。被害者を憎んでいる人間全員が、罪を犯すとは限らないから……。

正論だけど、容疑者を絞り込む上で、動機が重要なファクターであることは否定できない。それに、今回の事件では、動機だけで犯人を八割方特定できる」

「ずいぶん強気だな」

桐崎の表情に変化はない。

「言うまでもなく、本人が成仏していない以上、古河祐也の死は何者かの悪意によって引き起こされた。

若月菜穂や末永祥吾に対する脅迫行為、成瀬静寧に対する嫌がらせ——。悪行を積み重ねてきた彼を恨んでいた人間は、きっと何人もいる。それでも、この廃ビルで殺害する動機に限定すると、該当者はあなたくらいしかいない」

警察は既に撤収したようで、駐車場には深夜のミニクーパーしか停《と》まっていない。深夜は口元を隠すようにマフラーを巻いて、桐崎をまっすぐ見据えている。

「じゃあ、動機から教えてもらおうか」

「順を追って話すから、焦らないで。菜穂ちゃんと桐崎がいつから協力関係にあったのか。予想はしていたけど、さっきの車の中でのやり取りで確信した。末永祥吾が逮捕された時点で、あなたは菜穂ちゃんの成仏が遠のいていることに気がついていた。

成瀬静寧を脅迫していた古河祐也に、菜穂ちゃんは交換条件を突きつけた。事件が起きたのは、その数週間後。古河祐也が末永に犯行を指示したのだとすれば、共犯関係が成立する。末永逮捕の時点で私に相談して対策を考えるべきだったのに、菜穂ちゃんが事務所に来たことすら隠した」

「相談していたら、深夜はどうした?」

「捜査をやり直すよう、警察や検察に求めた。起訴決裁を取り消す難しさとか、検察組織のしがらみとか、知ったことじゃない。起訴後なら追起訴や訴因変更、判決宣告後なら上訴、確定後なら再審——。真相を追及する仕組みは、法律で定められている」

「綺麗事《きれいごと》だな。手当たり次第に試して死者が成仏しなかったら、できる限りのことはした、悪いのは捜査機関や裁判所だと、自分に言い聞かせるのか？」

「道を踏み外した人間と議論するつもりはない」

そう言い切ってから、深夜は続けた。

「共犯関係を見落としたまま末永に有罪判決が宣告された結果、菜穂ちゃんは成仏できず、現世から解放されなかった」

状況が変わったのは、二週間前。菜穂ちゃんが事務所を訪ねてきて、助けてほしいと頼まれた。翌日、詳しい話を聞くために、私と累は事務所で彼女を待っていた。だけど、時間になっても姿を現さず、縛りつけられていた貯水池からも消えた」

「共犯者の古河祐也が死んで、成仏したんだろう」

考える間もなく、桐崎は即答した。

「私や累は、今回の事件の時系列から逆算して、その結論に至った。でも桐崎は違った。車の中で話していたよね。容疑者の自殺によって、被害者が成仏した。その出来事が、記憶に残っていると」

「だから？」

「犯人が命をもって償えば、被害者は成仏する。そのルールを、あなたは認識していた」

罰を受けるべき生者が裁かれない限り、死者は彼岸へ渡れない——。

成仏の条件である〝裁き〟には、有罪判決の宣告だけではなく、犯人の死亡も含まれる。

一時間ほど前に事務所で深夜と議論したばかりだ。

「それが犯行動機だと言いたいのか？」

「答えの半分。もう半分は、終盤で明かす予定」

「もったいぶるなよ」

「何事も順番が大事だからね。共犯者が死亡したから、被害者は成仏できた。現象としては間違っていないけど、もう少し踏み込むべきだと私は考えた。

——菜穂ちゃんを成仏させるために、共犯者の古河祐也を殺害したと」

「過激な発想だな」

「有罪判決の宣告、あるいは犯人の死。死者を彼岸に渡らせるには、二つの方法があった。正攻法の前者を選んだのであれば、私に相談していたはず。

それに、さっきあなたは、やり方を変えることにしたと車の中で言った。連絡が取れなくなって、私との協力関係を一方的に断ち切ったのも、末永が逮捕された頃だった」

「俺の発言や行動だけが根拠か」

深夜は、「他にもある」と理由を補足した。

「起訴決裁を受け終えてから捜査を再開する難しさについて、さんざん泣き言を並べていたよね。全て言い訳にしか聞こえなかったけど、正攻法での成仏を諦めた自白と受け取ることもできる」

「まだ薄弱だよ」

ヘッドライトに照らされた粉雪が、地面に落ちて吸収されていく。深夜も桐崎も、互いの思考の道筋を探り合うように、言葉を重ねている。

「末永が逮捕されてから、菜穂ちゃんが事務所を再訪するまでの半年間。そこで何が起きたのかを振り返ってみた。

まず、古河祐也が、成瀬静寧を陥れるために、自称探偵に復讐代行を依頼した。他人をコマのように使って被害者を傷つける――。末永に監禁を命じたのと、同じ構図だ。菜穂ちゃんの命を奪ってから、ほとんど日が経っていないのに」

１０３号室の外壁を見つめながら、「この壁を挟んだ向こう側にいるけど、クズ中のクズだと思うよ」と、吐き捨てるように深夜は続けた。

「そのクズを成仏させるために、よくここまで必死になれるな」

「命を奪った時点で、桐崎も同類だからだよ。古河祐也を裁くことは、もうできない。成仏させることと、罪を赦すことは、まったくの別問題だ」

「俺は、そうは思わない」

「悪運が尽きたのか、探偵がポンコツだったおかげで、警察が古河祐也に疑いの目を向けた。復讐代行を依頼した物証が見つかれば、少なくとも逮捕までは漕《こ》ぎ着けられる。そう考えて警察は捜索差押に踏み切ったんだよね」

突然話を振られたので驚いたが、僕は小さく頷いた。

「でも、捜索差押は空振りに終わった。そして、成瀬静寧が示談書を警察に持ち込んで……、捜査情報の漏洩《ろうえい》疑惑が浮上した。

どうせ認めないだろうから、桐崎が事件を揉み消したと仮定して話を進める。

ご存知のとおり、この騒動で検察の信用は失墜した。不正がバレたら、懲戒免職どころか前科持ちになる可能性もある。裁判で便宜を図ってもらうため、忖度《そんたく》――、いろいろな推測がされているけど、リスクリターンが見合っていると感じるものはなかった」

「俺が犯人なら、話が変わってくると？」そう桐崎が訊いた。

「事件の揉み消し、古河祐也の殺害。どちらの犯人も桐崎なら、話が変わる。

横槍《よこやり》が入らなければ、古河祐也は逮捕された後、ストーカー規制法違反や名誉毀損《きそん》で起訴される可能性が高かった。そのまま実刑判決が宣告されて刑務所に収容されたら、社会から隔絶《かくぜつ》されることになる。服役中は、いくら検察官とはいえ、容易には接触できない。

古河祐也が懲役刑に服すれば、社会復帰するまでは手を出せない。つまり、菜穂ちゃんの成仏が遠のいてしまう」

「殺害に必要な時間稼ぎのために、事件を揉み消した。そう言いたいのか？」

「それに、一連の騒動で大きなダメージを受けた人間がもう一人いる。桐崎と結託して事件を揉み消したとされている、古河麻美だ。

末永や成瀬静寧に対する脅迫行為は、少年審判の事件記録を用いて行われた。母親の仕事部屋に忍び込んで、事件記録を撮影したデータを保存していた。記録管理の落ち度があったことは明らかだし、息子が違法行為に手を染めていることも勘づいていたかもしれない」

「仮定に仮定を重ねると、収拾がつかなくなるぞ」

「結果、古河麻美は世間の批判に晒されて、裁判官としての出世の道も絶たれた」

成人した息子がネットストーキングで逮捕されても、世間の批判はともかく、懲戒処分の審査にかけられることはなかっただろう。

コートの襟を立てながら桐崎は訊いた。

「まだ続きが？」

「さっきも話したとおり、古河祐也が死亡する前日に、菜穂ちゃんが事務所を訪ねてきた。どうして、半年以上経ってから心変わりしたのか。その理由がわからないまま、彼女は姿を消してしまった」

そこで深夜は、僕の方を見た。

「今なら、菜穂ちゃんの心変わりの理由がわかるんじゃない？」

事務所で顔を合わせた際、若月菜穂は、僕が貯水池を何度も訪れたことを覚えていて、礼を伝えるために架橋の誘いに応じたと言った。

だが、本当の理由は別にあったのだとしたら……。

「古河祐也と成瀬静寧の一件を知って、罪を償わせなくちゃいけないと思った……、とか？共犯者として処罰されていれば、起こり得なかった事件のわけだし」

意見を述べたが、深夜は首を左右に振った。

「いい線いってるけど、踏み込みがまだ足りていない。あのとき、私たちは何をしていた？昴を通じて出会って、私と累は協力体制を築くことにした。死者が視えるきっかけになった菜穂ちゃんの監禁致死事件を調べ直す。そう決めて、動き回っていた。

そして、昴が貯水池で菜穂ちゃんに声を掛けて、私たちが事務所で現状を整理して伝えた」

「偶然、タイミングが重なったわけではない。そう考えているのか？」

「桐崎の立場で想像してみて。古河祐也を廃ビルで殺害することは決定事項だった。一酸化炭素中毒で命を奪うには、中毒作用が進行するまでの数時間、誰も邪魔をしに来ない状況を作り出す必要があった。

見てのとおり、普段は誰も見向きもしないような建物だ。難しい条件ではなかった。でも、監禁致死事件を調べ直している二人組がいるとなると、話は変わってくる。この廃ビルは、事件現場の一つ。現場検証のために、建物の中に入ってくるかもしれない」

「僕たちに犯行を邪魔されることを恐れたと？」

「高い確率で起こることではないよ。でも、失敗が許されない殺害計画だからこそ、万全を期す必要があった。約束を取り付けておけば、私たちは事務所で待機せざるを得ない。死者とは、あの空間でしか言葉を交わすことができないから。

　実際、古河祐也が１０３号室に入ったのは、菜穂ちゃんが事務所に来るはずの時刻だった」

「――ちょっと待ってくれ」

　深夜の説明を遮《さえぎ》り、思考を整理した。

「どうして、若月さんが僕たちの足止めをする必要があるんだ？　騙されて、犯行に利用されたと考えてるのかもしれないけど」

「いや、違うよ。騙されていたなら、菜穂ちゃんは事務所に来ていたはず。真夜中の死者の行動を物理的に邪魔することは、誰にもできない」

「じゃあ……」

　最初から、若月菜穂は事務所を訪れるつもりがなかったというのか。僕たちを廃ビルから遠ざけるために、助けを求めるふりをした。

「第一ヒント、まだ覚えてる？」

　この事件の犯人は、一人ではない。それが一つ目のヒントだった。

「まさか――」

「生者と死者の共犯。それが、この事件の真相」

7

「若月さんが共犯者……」

「彼女以上に、古河祐也を恨んでいた死者がいると思う？　命を奪って、自身は訴追を免れた。菜穂ちゃんを現世に縛りつけた元凶なんだよ。生者としての人生と、死者としての彼岸への道。二度殺されたと言っても過言ではない」

死者のルールが、事件の真相に関わっている。事務所での深夜とのやり取りを経て、その可能性には僕も思い至っていた。

だが、死者との共犯まで疑っていたとは……。

「何か言いたいことは？」

そう深夜が訊くと、「この先を聞いてから考えるよ」桐崎は短く答えた。

「じゃあ、続けさせてもらう。質問はいつでも受けつけるから。

古河祐也の死亡状況や、その後に明らかになった捜査情報から、生者と死者の共犯による殺害であることは、すぐにわかった。具体的な役割分担は後で説明するけど、どちらか一方でも欠けていたら、あの状況は作り出せなかった。

死者側の条件は、動機があること――、その一点に尽きた。菜穂ちゃんが条件を満たしていることは、いま話したとおり。それに加えて事件直前の不可解な動きがあったから、迷うまでもなかった」

そして深夜は、生者側の条件にも言及した。

「生者と死者の共犯である以上、相互にコミュニケーションが取れることは必須《ひっす》条件。犯行計画の立案、事前準備、実行……。どの段階でも、緻密《ちみつ》な打ち合わせが必要だったはず。この条件だけで、容疑者を一気に絞り込める。

私が知る限り、死者が視える生者は、たった三人しかいない。ちょうど今、この駐車場に全員が揃っている」

視線があったので、「視えるだけではコミュニケーションを取れないんじゃないか？」と深夜に尋《たず》ねた。

「確かに、お互いに言葉を交わすには、事務所の椅子に座る必要がある。真夜中に私の目を盗んで忍び込まない限り、口頭での密談はできない。私が犯人だと思う？」

「そういうわけじゃないけど……」

「言葉を交わせなくても、お互いに視えているなら、意思疎通を図る方法はある。

真夜中に会って、死者の前に五十音表などが書かれたコミュニケーションボードを置くだけでいい。生者は言葉で伝えて、死者は五十音表を指差す——。時間が掛かる方法だけど、準備期間は充分あったはず」

真夜中、あらかじめ決めた場所で向き合い、コミュニケーションボードを使いながら必要な情報を伝え合う。そんな密会が、夜な夜な行われていたのか。

「生者側の他の条件は？」桐崎が口を開いた。

「犯行時刻にアリバイがないこと。古河祐也が103号室に入ったのは午前四時。彼を殺害するには、その時刻に現場にいる必要があった。私と累は、事務所で菜穂ちゃんを待っていた。累が帰ったのは六時頃。つまり私たちは、お互いにアリバイを証明できる。この時点で、残る容疑者は桐崎しかいない」

「俺も、同じ日に事務所に立ち寄った記憶があるけどな」

架橋の命日を理由に、花束《はなたば》を持った桐崎が事務所を訪ねてきたのは事実だ。桐崎も死者が視えることを、僕はそのときに初めて知った。

「桐崎が来たのは、五時頃。廃ビルまでの距離を考慮しても、車で移動すれば片道十五分くらいだから、犯行は可能だった。今日は歩いて来たみたいだけど、運転できるよね」

「ああ。他には？」

「成仏の条件を、正しく理解していたこと。犯人の死亡も成仏のトリガーになる。私と累は、古河祐也が死亡した時点で、その条件を認識していなかった」

「死者が視える生者が、この三人以外にもいる可能性は考えないのか？　その生者が犯人の死亡による成仏を把握していれば、条件を満たしているよな」

「そうだね。でも、生者側の条件は、そんなに重要じゃないんだよ」

「そろそろ本題に入ってくれないか。どうやって古河祐也を殺害したと考えているんだ」

「わかった。中に入ろう」

車のヘッドライトを消して、僕たちは入り口の方に回った。

死者と生者の共犯だと考えた根拠、アリバイが必要な時刻の絞り込み。多くの点で深夜は回答を保留している。殺害態様が明らかになれば、いずれの疑問も解消するのだろうか。

自動ドアは、開いた状態で固定されていた。

建物の中に入っても、体感温度はほとんど変わらない。照明がついていないので、携帯のライトで照らしても薄暗く、物音一つ聞こえてこない。実況見分を実施した痕跡が残っているが、それらを除けば僕たちが遺体を発見したときの状況のまま保存されている。

正面の受付カウンターで深夜は立ち止まり、「ここにノートパソコンが置かれていたんだよね」と僕に確認した。

「うん。非常用のポータブル電源で充電しながら、ウェブカメラで各部屋に通じる通路の映像を録画していた」

「事件現場の103号室への出入りも記録されていた。午前四時に古河祐也が入室してから、四日後の昼過ぎに私と累が遺体を見つけるまでの約八十二時間。その間に映像に記録されていた人間は一人もいなかった」

コートのポケットに手を入れた桐崎は、「誰が、何のために映像を記録したと考えているんだ」と深夜に訊いた。

「桐崎が、自殺と思い込ませるため」深夜は端的に答えた。

「誰も出入りしていないから、自殺だと？　ずいぶん回りくどいやり方だな」

「パソコンに残されていたテキストデータや他の状況も相まって、通路の記録映像は確かに自殺説を後押しした。でも、他殺を確信していた私には、その映像がむしろヒントになった。ありがとう。助かったよ」

カウンターに寄りかかりながら、深夜はさらに説明を続けた。

「あの日、桐崎は古河祐也を廃ビルの駐車場に呼び出した。レンタカーを借りて一人で来るように。怪しまれて当然だけど、呼び出す口実はいくつか考えられる。

菜穂ちゃんの事件への関与を裏付ける証拠を見つけた、揉み消したストーカー事件について話したいことがある……。どちらも犯罪に関わる大きな弱みで、呼び出しを無視したり、誰かに相談することは難しかったはず。しかも、検事から直々に連絡があったなら、従順に従ったとしても不思議ではない。

そして、駐車場に車を停めたのを確認してから、電話をかける。通話状態を維持したまま携帯を車の中に残して、エンジンも切らずに車を降りるよう指示した」

「実際に目撃していたかのように語るじゃないか」

「細部は想像で補っているだけだよ。古河祐也が103号室に入ったことを確認してから、携帯の回収と、車の壁際への移動を済ませた上で、ゴムホースを排気口に取り付けた。

ああ……、窓や換気扇の目張りは、あらかじめ済ませておく必要があるね。ゴムホースの片側は窓に差し入れて、目立たない場所に隠しておいた。あとは、室内に排気ガスを流し込むだけ。通話状態を維持している間は、携帯がロックされないから、不都合なデータや履歴も自由に削除できる」

そこで桐崎は、当然の疑問を口にした。

「どうして、古河祐也は部屋から逃げ出さなかったんだ？　排気ガスが流れ込んできたら、いずれ気がつくだろう」

「出たくても、扉を開くことができなかった」

「通路側から施錠できる扉なのか？」

「無理してしらを切る必要はないよ。あの扉に鍵はついていない。カラオケボックス協会の通達。累が教えてくれたんだけど、興味深かったよ」

そう言って、深夜は再び通達の概要を携帯に表示した。

◇未成年者の深夜立入制限の掲示をしているか
◇二十歳未満者の喫煙・飲酒禁止の表示があるか
◇たばこ・酒類の自動販売機が設置されていないか（年齢識別装置が付いているか）
◇ドアに内鍵が付いていないか
◇室内が見通せる大きさの窓があるか

「これが、どうした？」

「全てを確認したわけではないけど、おそらく全てのルールを守りながら営業していたはず。最初の二つは注意書きで足りるし、三つ目は自動販売機の設置の有無次第、そして、最後の二つが、部屋の設備に関する事項」

「それで？」

「ドアに鍵がついていないことは、累が確認している」

「それはもう聞いたよ」

「窓については、ほとんどのカラオケボックスが、独立した窓を設置するのではなく、ドアの一部をガラスにして室内を見通せるようにしている。

　１０３号室も同じ構造で、外枠が水色に塗装されたドアに、長方形のガラスがはめ込まれていた」

「スモークガラスではなく？」

「室内を見通せることが求められているんだから、当たり前でしょ。つまり１０３号室は、いい、いい、い、い、い、いい、死者も自由に出入りすることができた」

壁は通り抜けられないが、ガラスやアクリル板は素通りできる。初めて深夜法律事務所を訪れた際に、架橋が教えてくれた死者のルールだ。

事務所で二つ目のヒントを出された際に僕が指さしたのも、最後の条項だった。

「この建物の出入り口も自動ドアだったな」

補足するように、桐崎が言った。

「多分、あれは強化ガラスかな。外から建物内、通路から室内――。必要な移動経路には、全てガラスが設置されていた」

「どこかで死者が行き詰まることはなかったわけだ」

「もう、録画映像の意味にも気がついたよね」再び深夜は僕を見て、「昴が死者か生者かを確認するために、何をした？」と訊いた。

「……携帯のカメラで撮影した」

「結果は？」

「夜道しか写らなかった」

いかいかいかいかいかいかいかいかいかいかい
死者はカメラで撮影しても写らない。静止画ではなく動画であっても、結果は変わらないだろう。そのルールも、僕は身をもって知っていた。

「情報を整理しよう。古河祐也が１０３号室に入ってドアを閉めた後、死者がガラス部分を通り抜けて室内に入ることは可能だった。

そして、約八十二時間にわたって撮影された通路の録画映像は、死者が途中で入室した事実を否定する根拠にはなり得ない」

被害者と第一発見者以外、１０３号室に入室した者はいなかった。録画映像が発見されたことで、その事実を覆すことは困難だと、僕は決めつけてしまっていた。

「死者のルールを当てはめれば、前提が覆るのか。だけど、室内に入れても、死者が生者に危害を加えることはできないはずだよ」

死者が殴りかかろうとしても、その拳は生者に届かない……。

この制約も事務所で実践して確かめている。

「包丁を突き刺したり、屋上から突き落としたり。そういった直接的な殺し方は、もちろんできない。

でも、自動車の排気ガスを用いた殺害の手助けはできる」

「どうやって――」

「ただ立っているだけでいい」

「…………」

想定外の返答に、何も言葉が出てこなかった。

「古河祐也が入室したのは、午前四時。事件現場に縛りつけられている日中に比べて、真夜中は死者の行動の幅が格段に広がる。当然、ドアのガラスを通り抜けて103号室に入るのも、真夜中だから実行できた」

「死者のルールが関係しているんだよな」

ガラスやアクリル板を通り抜けられる。カメラで撮影しても写らない。

その他のルールは……。

「黒猫は、昴が視えて身体を擦《なす》りつけている。だけど昴は、黒猫を撫《な》でることができない。これが何を意味するのかわかる？」

「真夜中の死者は、一方通行的に現世に存在している」

「良い表現だね」

死者の身体は、真夜中であれば触れることができる。

皮膚の柔らかさは感じ取れず、薄い膜で包まれた鉄板のような不思議な感触で、力を込めても指先が身体を貫通することはなかった。

一部の生者は、死者を視認できる。真夜中の間は、死者と生者が一方通行的に接触できる。同じく真夜中の間は、死者は特定の物質を通り抜けられる。

これらの特徴を総評して、架橋は〝半透明人間〟と表現していた。

「そうか。生者が死者を動かすことはできないのか」

「生者は真夜中の死者に触れられる。裏を返せば――、進行方向にいる死者が退《ど》かなければ、触れてしまうんだ」

「……死者が退《ど》かない限り、前に進むことができない」

生者が力を込めて退かそうとしても、その手前で阻《はば》まれる。一方通行的に現世に存在しているからこそ、成し遂げられる妨害。

僕の理解が追いついたことを確認して、深夜は説明を続けた。

「室内に入って扉の前に立つ。そこから一歩も動かないだけで、古河祐也を室内に閉じ込めることができた。内開きのドアだから、内側からドアを開くにはレバーハンドルを引く必要がある。菜穂ちゃんは、そこに立《た》ち塞《ふさ》がった」

施錠できない部屋に祐也を閉じ込めるには、どのような方法が考えられるか。

ドアの開閉方向にバリケードを築く。その可能性は当然検討した。だが、開き戸を封鎖するには室内に障害物を置く必要があるため、祐也の脱出を防ぐことは不可能だと判断した。それに、成人男性でも動かせないような重量の物は見当たらなかった。

ようやく、あの部屋で何が起きたのかを僕は理解した。

死者の身体を障害物として用いたのか――。

「一酸化炭素濃度が上昇しても、外界から隔絶されている死者は何も影響を受けない。中毒作用が進行して身動きができなくなるまで、じっと待っていた……」

「何が起きているのか、古河祐也はまったく理解できなかっただろうね。菜穂ちゃんの姿は視えないから、ドアが開かない理由も見当がつかなかったはず。視えたところで、どうしようもなかっただろうけど。

どうにかして出口を見つけるために、室内で暴《あば》れ回った。まっさきに破壊を試みるはずのドアに傷一つついていなかったのは、死者の身体が邪魔していたから」

ドアを壊そうとした形跡がないことも、現場の写真を確認した際に深夜が指摘していた。一部はガラスだったのだから、テーブルなどの什器を振り下ろして割ろうとしていないことは、確かに不自然だった。

「現場の写真を見ただけで、そこまで気付いたのか？」

「仮説を立てるには充分な情報だった。ウェブカメラの映像や末永の供述が後押しになって、死者が共犯者だと確信した」

四畳ほどの狭いカラオケルームとはいえ、排気ガスによって一酸化炭素が充満し、中毒作用が進行して身動きできなくなるまでには、一時間以上の時間を要したはずだ。

その間、目眩や吐き気で苦しみ、拳を傷つけながら暴れ回る祐也を、若月菜穂はドアの前に立ち塞がって見ていたというのか。

「古河祐也が死亡して――、成仏したんだな」

「日の出の時刻を迎えれば貯水池に戻ってしまう。それまでに息の根を止める必要があった。当然、死者が扉を塞いでいた痕跡は、何も現場に残らない。

この犯行計画で桐崎が担っていたのは、古河祐也を１０３号室に導いて、排気ガスを室内に流し込むところまでだ。死後の後始末も必要ない。あとは、私たちがその時間に廃ビルに来るわずかな可能性を潰すために、花束まで準備して事務所にきた」

敵意を込めた目つきで、深夜は桐崎を睨《にら》んだ。

「架橋昴の命日だから、花束を持っていったんだよ。深読みしないでくれ」

「ただの口実でしょ。まだとぼけるつもり？」

「動機の残り半分とやらを、教えてもらってないからな」

深夜は、カウンターの天板から手を離した。

「菜穂ちゃんを成仏させる。それだけが目的なら、こんな回りくどい方法で殺害する必要はなかった」

「通路の録画映像のことか？」

「不自然な点は、他にもある。殺害に必要な時間稼ぎのために事件を揉み消したと、さっき私は説明した。でも、捜索差押の話が出た時点では、古河祐也は警察の動きを何ら警戒していなかったはず。それなら、事件の揉み消しなんてリスクのある行動に出なくても、すぐに彼を呼び出して殺害すればよかった。

遺書に見せかけたテキストデータ、通路の録画映像、鍵のついていない部屋……。自殺を偽装するための小細工が、あまりに多すぎる」

「焦って殺すよりも、逮捕を免れられる犯行計画をじっくり練った方がいい。犯人は、そう考えたんじゃないか？」

あくまで他人事《ひとごと》のように、桐崎は言った。深夜は続ける。

「どうすれば逮捕を免れられるか……。死体が発見されないよう山や海に遺棄する。今回のように自殺に見せかける。密室トリックやアリバイ偽装に挑戦したミステリマニアも、過去にいたかもしれない。

だけど、それらは全て真相を見抜かれた瞬間、徒労に終わる」

「当たり前のことだろう」

「完全犯罪を定義するとすれば、真相を見抜かれても罪に問えない犯罪だと、私は思う。現代社会においては、罪人を裁くには司法のルールに則《のっと》る必要がある。

そして、裁判の場で有罪を導く判断基準は、既に判例で示されている。

通常人であれば、誰も疑いを差し挟まない程度に真実らしいとの確信を得させるものでなければならないと」

「何が言いたいんだ？」

「死者の存在は、非科学的なものとして、現実世界では受け入れられていない。動機、犯行態様、共犯者の関与。今回の事件では、犯罪の立証に必要な全ての場面で、死者のルールがしつこいくらいに用いられている。

真相を明らかにしても、裁判官は有罪判決を宣告することができない。疑わしきは罰せず。古河祐也は、完全犯罪によって命を奪われた」

「なるほど。それが深夜の答えか」

動機は、死者の成仏。

犯行態様は、ビデオカメラによる監視を掻《か》い潜《くぐ》りつつ、ガラスを通り抜けて部屋に入り、施錠されていない空間に被害者を閉じ込めた。

そして、死者と生者による共犯――。

死者のルールを前提にしなければ、何一つ状況を説明することができない。

「お望みどおり、残り半分の動機を明らかにする。

生者としての人生と、死者としての彼岸への道。古河祐也は、菜穂ちゃんを二度殺した。普通に命を奪うだけでは、復讐は半分しか成し遂げられない」

「そうだな」

「罪に問えない方法で殺害することで、菜穂ちゃんを成仏させるとともに、古河祐也を現世に縛りつける……。一連の目的を達成するために、今回の犯行を計画したんでしょ。

廃ビルを選んだのは、ここが古河祐也の死に場所にふさわしいと考えたから。罪を犯した場所で、永遠のような時間を過ごす。刑罰では科し得ない残虐な罰だ」

桐崎の反応を待たず、深夜は通路の方に進み、103号室の前で立ち止まった。

外枠が水色に塗装されたドア。ガラスの向こう側は薄暗く、室内の様子をはっきり見て取ることはできない。実況見分が行われた痕跡が、至るところに残っているはずだ。

そして、部屋の片隅《かたすみ》には、命を奪われた死者が立ち尽くしている。

「どうして、こんなことをしたの」

「長々と動機を語っていたじゃないか」

「古河祐也は、菜穂ちゃんの人生を台無しにした。とうてい赦されることではないし、罪を償わなくてはいけなかった。それでも、こんな方法……」

深夜は、ドアの奥をまっすぐ見つめている。

「自業自得だと俺は思うよ」

「菜穂ちゃんが、どんな想《おも》いでドアの前に立っていたか――。桐崎なら、想像できるでしょ。罪の意識に苛《さいな》まれながら成仏したに決まってる」

「地獄に堕《お》ちたと言いたいのか」

「違う。そうじゃない」

首を左右に振った深夜に、桐崎は冷たい声色で告げた。

「生者は、死者の動きに干渉できない。若月菜穂がドアの前に立って、古河祐也を部屋から出さなかったのなら、それは彼女が自分の意思で決めたことだ」

「現世に縛り続けられるか、犯人の命を奪って成仏するか。そんな二択を突きつけておきながら、自由意志で選んだなんて言わせない」

「印藤は、どう思う？」

桐崎の表情からは感情を読み取れなかった。

祐也が死亡した前日、僕は事務所で若月菜穂と言葉を交わしている。

この世にしがみついていても、結局一人きりで、大切な人が傷ついているのを見ることしかできない。死後の現世に、居場所はなかった――。

本心から出た言葉だったのではないか。貯水池に縛りつけられて長い時間を過ごす中で、心の底から成仏を願うようになった。

彼岸への道を渡るには、祐也の命を奪うしかないと思い込まされたのだとしたら。

「末永祥吾が逮捕されてから、今回の事件が起きるまでに、半年以上の期間が空いています。桐崎さんの話だと、共犯関係も成仏の条件も……、末永の逮捕で把握していたことになる。若月さんは、ずっと迷っていたのではありませんか」

「何が背中を押したと？」

「成瀬静寧に対する嫌がらせしか考えられません。古河祐也は、悔いるどころか、新たな罪を犯していた。復讐を決意するきっかけになり得たと思います」

部活の先輩であると共に、危険を顧みずに助けようとした友人だ。生前の想いを踏みにじるような行為に及んだことを知り、何を思ったのか。

「印藤らしい考え方だ」

「だから、被害者の若月さんが犯行に協力した理由は理解できます。でも……、桐崎さんの目的がどうしてもわかりません」

深夜が語ったストーリーを前提にすれば、今回の犯行計画において主導的な役割を果たしたのは桐崎だったはずだ。

検事としての未来を閉ざす不祥事を起こして、殺人という重罪を犯した。

「生者側の共犯者が俺だというのは、深夜が消去法で導いた結論にすぎない。口を割らせたいなら、証拠を集めてからにしてくれ」

「……………」

桐崎と若月菜穂が、監禁致死事件が起きる前から知り合いだったという情報はなかった。若月菜穂が死者になった後に、二人は出会ったはずだ。

現世に留まる死者と、死者が視える生者。その関係性が、どのように変化したのか。

「時間稼ぎのために成瀬静寧の事件を揉み消した。さっき深夜は、そう説明していました。刑務所に収容されて、古河祐也に接触できなくなる事態を避けようとしたと。でも、僕は別の目的のための行動だったと考えています」

「仲間割れか」

「ストーカー規制法違反や名誉毀損で起訴できても、今回の事案で実刑判決が宣告されることは、まずありません」

「検察官として、印藤の感覚を支持するよ」

僕よりも実務経験が豊富な桐崎が、その判断を見誤ったとは思えない。

「桐崎さんが恐れたのは、監禁致死事件の真相に捜査機関が辿り着くことだったのではありませんか。加害者の古河祐也と被害者の成瀬静寧は、どちらも監禁致死事件の関係者だった。そして成瀬静寧が、若月さんとの繋がりや脅迫の事実に言及することは充分あり得た」

「どうして俺が、捜査の邪魔をする必要があるんだ」

「共犯者が起訴されて有罪判決の宣告を受ければ、若月さんは成仏する。でも、古河祐也を現世に縛りつけることはできない」

深夜の言葉を借りれば、その結果では、復讐は半分しか成し遂げられていない。

「最初から、犯人の殺害による成仏しか見据えていなかった——。そう言いたいのか？」

「間違っているなら否定してください」

「さあ、どうかな」

正攻法での成仏を、最初は目指していたはずだ。

担当検事として事件と向き合い、若月菜穂から話を聞いて、祐也を起訴する方法を探った。しかし、充分な証拠が集まらないまま、僕に事件を引き継いでしまった。

ほどなくして祐也が犯した新たな罪は、若月菜穂だけではなく、桐崎の背中も押したのではないか。

その時点で、祐也を現世に縛りつけることが目的の一つになったのかもしれない。

「俺のことを起訴できるか？」

「現時点では証拠が足りていません」

桐崎が、祐也の起訴を諦めたのと同じように。

「深夜が語ったとおりの犯行内容だったとして、どうやって証拠を集めるつもりなんだ？俺が主犯だと確信しているなら、なりふり構わず起訴すればいい。死者の存在を主張して、有罪判決の宣告を裁判官に求める。そうするしかないんじゃないか」

「それは……、できません」

「無罪判決を過度に恐れて、判断を捻《ね》じ曲《ま》げる――。犯罪者を野放しにする結果を招くかもしれないのに、真相の追究よりも優先すべきものがあるのか」

「諦めるつもりはありません」

桐崎は、薄く笑った。

「口先だけなら何とでも言える。本気で古河祐也を成仏させたいなら、犯人を起訴するか、その命を奪うか、選べる選択肢は二つしかない」

「後者は絶対に選びません」

「古河祐也が罪人でよかったな。このまま成仏できなくても、ツケが回っただけだと自分に言い聞かせられる」

　若月菜穂は、理不尽に命を奪われた純粋な被害者だった。

死後もなお現世に縛りつけられて苦しんでいる――。その事実を知る者は、わずかしかいなかった。共犯者の古河祐也を起訴することはできない。考え抜いた末にその結論に至り、自身の手を汚すしかないと覚悟を決めたのだとしたら……。

「これから、どうやって生きていくつもりですか」

「今は自宅待機だが、嫌疑不十分で懲戒を免れても、検事は引退するつもりだよ。あの組織を内側から変えることは、もう諦めた。外部から圧力をかけて、危機感を煽《あお》っていく。それくらいの荒療治が必要なのかもしれない」

「……圧力?」

「今回は、自殺という解釈の逃げ道が捜査機関に与えられていた。だが、生者と死者が協力すれば、不可解な他殺状況を作り出せるはずだ。事件性があることは明らかなのに、現実的に実行可能な犯行方法を特定できない。そんな事件が連続で起きたとしたら?」

　僕と深夜の顔を交互に見てから、桐崎は続けた。

「事件の被害者は、嫌疑不十分や証拠不十分で不起訴になった、かつての被疑者だ。復讐を疑うにしても、過去の事件の被害者は既に死亡している。生者の論理では、動機すら明らかにできない。そんな状態を、いつまで国民は静観しているかな」

「本気で言ってるんですか」

「死者がきちんと成仏できていれば、そんな事件を起こす必要もない。罪を犯した人間には必ず罰を与える。俺を止められるのは、深夜と印藤だけだ」

未解決事件の被害者は、今も現世に縛りつけられている。その苦しみを終わらせるには、真犯人を見つけて起訴するか、命を奪うか——、その二つの選択肢しかない。

時間が経つほど、正攻法の有罪判決の宣告による成仏は、ハードルが高くなる。絶望している死者の前に桐崎が現れて、復讐を持ちかけたとしたら……。

若月菜穂のように共犯を引き受けてしまう死者は、少なくないのではないか。

「桐崎さんの思いどおりにはさせません」

「楽しみにしてるよ」

103号室のドアを一瞥《いちべつ》してから、桐崎は出口の方に向かっていった。

僕も深夜も、その後ろ姿を見つめることしかできなかった。

8

黒猫の名前が決まったと、架橋は笑顔で言った。

『ルアクです。雄なので、ルアクくん』

「コピ・ルアク？」

そう訊くと、架橋は器用に歩きながらのけぞった。

『朱莉《あかり》さんに聞いたんですか？』

「いや……、そうかなって思っただけ。僕も、深夜の影響でコーヒーにはまっちゃってさ。コピ・ルアクは、結構有名だしね」

『猫とコーヒーで安易に決めたって思ってませんか？』

「違うの？」

コピ・ルアクは、ジャコウネコの糞《ふん》から採取した生豆を用いて生産されるコーヒー豆だ。〝ネコの糞〟というインパクトのある採取方法で有名だが、大量生産が難しい高級豆なので僕はまだ味わったことがない。

ジャコウネコの腸内で発酵したコーヒー豆は、コクが深く、独特でフルーティーな味わいを楽しめるらしい。

『そもそも、ジャコウネコってネコ科の動物じゃないんですよ』

「え、そうなんだ」

『紛《まぎ》らわしいですよね。見た目も、ネコというよりハクビシンですし』

「でも、それを黒猫の名前にしたんだよね」

黒猫が横切りそうな雰囲気の夜道を歩きながら、架橋の答えを待った。

『とある事件が起きまして』

「というと？」

『蓋《ふた》を締め忘れたキャニスターの中のコーヒー豆を、ルアクが食べちゃったんです。人間とは違って、ネコは少量のカフェインでも中毒作用が出る危険性があるらしくて。動物病院で治療を受けてから、僕も事務所で一緒に様子を見ていたんですけど……』

「糞の中に、コーヒー豆が混ざってた？」

『先読みしないでください。消化されずにそのまま出てきました。これからは気をつけようって教訓も込めて、ルアクにしたんです』

糞が由来だとしても、〝黒猫〟と呼び続けるよりは愛情を感じる。

「その豆、焙煎《ばいせん》して飲んでないよね」

『朱莉さんに、今度聞いてみてください』

「機会があったら」

そんな他愛《たわい》のない会話をしながら、僕は話を切り出すタイミングをうかがっていた。深夜に頼んで架橋を呼び出して、散歩に出かけようと提案した。

目的地は告げていないが、向かっている方向で察しているかもしれない。

『何か僕に訊きたいことがあるんですよね』

「顔に書いてある？」

『朱莉さんも、印藤さんに負けず劣《おと》らずのポーカーフェイスなので。声とか目線で気がつくようになりました。遠慮せずに訊いてください』

「じゃあ、お言葉に甘えて」

廃ビルで桐崎と相対してから一週間が経った。深夜の推理や、桐崎から聞き取った内容は、いまだ捜査関係者にも伝えていない。どうするべきか、答えを出せずにいる。

「——隠し事の話だよ」

『というと？』

「生者のふりを見抜いたとき、他に隠してることはないと言ったよね」

『そんなこともありましたね』

丑三《うしみ》つ時《どき》の夜道で出会った際に、架橋は自身が生者であるかのように振る舞い、僕はあっさりと騙された。

「死者が視える生者は、僕と深夜しかいない——。その発言も嘘だった。桐崎さんのことをどうして隠したの？」

『えっと……、知らなかったんです』

「深夜の前のパートナーが、桐崎さんだった。事務所で何度も打ち合わせをしていたみたいだし、知らぬ存ぜぬは無理があるよ。死者が視える現役の検察官。僕が自己紹介したとき、すぐに桐崎さんの顔が思い浮かんだはずだ」

実際、桐崎の後任のような立ち位置を引き継いだ僕は、架橋とも繰り返し顔を合わせている。

『すみません。本人に無断で教えるのはまずいかなって思ったんです。例の不祥事の件で、ごたごたしているみたいだったし』

あらかじめ言い訳を準備していたのかもしれない。

「死者と生者の共犯の件、深夜から聞いた？」

『はい。何も知らなかったので、ショックでした』

「それも嘘」

『信用を失っちゃったみたいですね』

「古河祐也が死亡する前日に、若月さんが事務所を訪ねてきた。その目的について、深夜は事件当日の足止めと理解していた。僕と深夜が監禁致死事件を調べ直していることに気付いて、廃ビルから遠ざけようとしたと」

『僕も、そう聞きました』

「深夜と僕が協力体制を築いたことを若月さんに話したのは、架橋くんだ。あのタイミングで伝えていなければ、足止めの必要性も認識していなかった」

おそらく、事務所に訪ねてくることなく、事件当日を迎えていただろう。

『よかれと思って動いたつもりだったんですけど』

さらに、僕は次の疑問を投げかけた。

「事件当日、僕たち三人は、事務所で若月さんが来るのを待っていた。だけど、約束の午前四時になっても彼女は姿を見せなかった。そして四時半を回った頃、若月さんを捜しに行くと言って、架橋くんは事務所を出ていった。あの後、どこで何をしていたの？」

『宣言どおり、菜穂ちゃんを捜していましたよ』

「日の出まで、僕は事務所で二人を待っていたんだ。でも、若月さんは訪ねてこなかったし、架橋くんも戻ってこなかった」

『隠れていそうな場所を見て回ってたら、タイムリミットになっちゃいました』

日の出を迎えれば、死者は強制的に死亡した場所に戻される。架橋は刑務所、若月菜穂は貯水池で死後の大半の時間を過ごしてきた。

「しばらく経っても見つからなかったら、入れ違いになっていないか確認するために、一度戻ってくるのが普通じゃないかな。携帯も使えないわけだし、そのまま闇雲に捜し続けるのは効率的とは言えない」

『どうして戻ってこなかったんだと思います？』

「若月さんがどこにいるのか知っていたから、戻る必要がなかった」

珍しく、答えが返ってくるまでに時間が掛かった。

『……考えすぎですよ』

「最後に、もう一つ。僕たちが古河祐也の遺体を発見したのは、彼が深夜の事務所を訪ねてきたのがきっかけだった。真夜中に、あてもなく夜道を歩いていたら、他の死者を見つけて後をつけた。その死者が事務所に入るのを見届けて、翌日、ガラスを通り抜けて深夜の前に姿を見せた」

『それが、どうかしたんですか』

「たまたま夜道で出くわした死者が、ちょうど事務所を訪れる途中だった。偶然にしては、できすぎているような気もする。事情を把握していた死者が、深夜と引き合わせるために、古河祐也を事務所に導いた。そう考えた方が自然じゃないかな」

『その死者が、僕だったと？』

もったいぶらずに結論を伝えた。

「廃ビルでの犯行計画を、架橋くんも把握していた――。そう考えると、いろいろと辻褄《つじつま》が合うんだよ。僕たちの動きが筒抜けになっていたのは、架橋くんが情報提供者だったから。桐崎さんとの繋がりを隠そうとしたのは、後ろ暗いところがあったから。古河祐也を事務所に導いたのは、少しでも早く遺体を発見させたかったから」

『僕が裏切り者だと疑ってるんですか』

「そうじゃないと信じているから、自分の口で説明してほしい」

『…………』

「多分、深夜も気がついているよ」

本人に伝えていないのは、優しさのつもりだろうか。

『まいったなあ』

「話しづらいなら、僕が誘導しようか」

『お願いします』

深夜のように、僕も死者の心を開くことができるだろうか。

「古河祐也の殺害を決断した後、若月さんと桐崎さんは、打ち合わせを重ねていたはずだ。一方で架橋くんは、若月さんを呼び出して事務所で話をするために、定期的に貯水池に足を運んでいたと、前に話していた。どちらも真夜中の出来事。どこかのタイミングで三人が鉢合わせていたとしても不思議ではない」

架橋が頷いたので、肯定とみなして僕は続けた。

「そこで架橋くんは、古河祐也の殺害計画を知ってしまった。どんなやりとりがあったのかはわからないけど、考え直すよう説得したんじゃないかな。自分たちが真犯人を見つけて起訴する——。正攻法での成仏を諦めるべきじゃないって」

『そう思う理由は？』

「僕が同じ立場だったら、二人を説得したと思うから」

殺害による成仏を肯定していたなら、深夜からは距離をとっていただろう。

『なるほど。続けてください』

「そんなタイミングで僕たちは出会った。若月さんの事件の担当検事が、死者の成仏に協力したいと申し出てきた。閉ざされていた再捜査の道が切り拓《ひら》けるかもしれない。そう期待した架橋くんは、すぐに桐崎さんに情報を提供した」

その事実を認識した桐崎は、僕たちを足止めするために若月菜穂を事務所に送り込んだ。架橋の思惑とはかけ離れた形で、情報が利用されたのだろう。

「若月さんが事務所の再訪を貯水池で了承したとき、調査に協力する決断をしてくれたと、架橋くんは理解したはずだ。事件当日、約束の時間になっても若月さんは姿を現さず、そこで君は桐崎さんの本当の狙《ねら》いに気がついた」

おそらく、計画の全容は架橋に伝わっていなかった。あるいは、直前で桐崎が変更したのかもしれない。

居ても立ってもいられなくなり、架橋は事務所を飛び出した。

「廃ビルまでは、徒歩だと二時間近くかかる。架橋くんが現場に着いたとき、既に古河祐也は一酸化炭素中毒で死亡して、若月菜穂は成仏していた。事務所に戻るには時間が足りなかったし、状況を理解していたからその必要もなかった」

『それで終わりですか？』

「古河祐也の遺体が発見されないまま、数日が経過した。僕や深夜に直接伝えれば、事前に犯行計画を把握していたことも打ち明けなければならない。だから、死者になった古河祐也を事務所に誘導して、僕たちに遺体を見つけさせた」

少し前を歩いていた架橋が、おもむろに立ち止まって振り返った。

『やっぱり、印藤さんは優しいですね』

「追及してるつもりなんだけど」

『複数の解釈があり得るはずなのに、僕に有利な方を選んでくれている。無意識ですか？それとも、被疑者の口を割らせるテクニックですか？』

「架橋くんの性格を加味して考えただけだよ」

『ありがとうございます。さすがは現役の検察官ですね。ほとんどあっています。訂正しなくちゃいけないのは、一ヵ所だけです』

「どこ？」

あらゆる可能性を検討したつもりだ。不穏な気配を感じて、心臓が脈打った。

『僕が１０３号室に入ったとき、祐也くんはまだ生きていました』

「間に合わなかったはず――」

『歩いている途中で、桐崎さんの車を見つけました』架橋は、僕の言葉を遮った。

『ちょうど信号待ちをしていたから、ドアガラスを通り抜けて助手席に乗り込んで、廃ビルまで乗せていってほしいと頼みました』

「桐崎さんは従ったの？」

『断られても説得するつもりでしたが、すぐにＵターンしてくれました。駐車場に着いたあとは、すぐに引き返しちゃいましたけど』

なぜ桐崎は、すんなり架橋を廃ビルに連れていったのか。予期していない登場だったはずなのに、指示に従った理由は……。

答えを出す前に、架橋がさらに言葉を続けた。

『祐也くんは床に倒れて苦しんでいて、それを菜穂ちゃんが近くに立って見下ろしていました。もうドアからは離れていたので、僕も中に入ることができたんです。何が起きているのかは、すぐにわかりました。印藤さんだったら、どうしましたか？』

「どうにかして、古河祐也を助けようとした……、と思う」

『死者は、生者に触れることができません。祐也くんはかなり弱っていて、立ち上がるのも難しそうでした』

中毒作用が進行して重症に陥っていたのだろう。すぐに救命処置を施せば助かったのかもしれないが、現場には二人の死者しか居合わせていなかった。

「助けられなかったんだね」

『今考えても、どうしようもなかったと思います。菜穂ちゃんは、突然現れた僕を見ながら、泣き出しそうな表情を浮かべていました。一人で心細かったんじゃないかな』

「成仏するまで一緒にいてあげたの？」

架橋は、首を横に振った。

『103号室から出ていかせました』

「……どうして？」

『最後の瞬間を、あの部屋で迎えてほしくなかったからです。殺したいほど憎んだ相手だとしても、もがき苦しむ姿を見て心が晴れるとは思いませんでした』

「それで、若月さんは？」

『説得に時間が掛かったけど、うつ伏せで倒れた祐也くんが意識を失ったのを確認してから部屋を出ていきました。もう助からないと確信したんでしょうね』

廃ビルから貯水池までは、徒歩だと距離がある。若月菜穂が住んでいた街や高校も、あの辺りではなかった。

人通りがほとんどない夜道を一人で歩きながら、成仏の瞬間を迎えたのだろうか。

「古河祐也の死は、架橋くんが見届けたの？」

『日の出を迎えるまでですけど。多分、その頃には息を引き取っていたと思います』

「君は……、優しすぎるよ」

『菜穂ちゃんに約束したんです。もし意識を取り戻しても、部屋から出さないって』

「若月さんを安心させるためだよね」

僕の質問には答えず、架橋は笑みを浮かべた。

『印藤さんが言ったとおり、桐崎さんと菜穂ちゃんが貯水池で作戦会議をしていることを僕は知っていました。死者の特性を利用して、廃ビルで殺害する。協力してほしいと頼まれたけど、もちろん断りました。でも……、そのことを朱莉さんに報告しませんでした。どうしてだと思います？』

「本気だと思わなかったから？」

『逆です。悩みに悩んだ末の決断だと知っていたから……、伝えられませんでした。話していたら、朱莉さんは力ずくでも計画を阻止したはずです』

「正攻法での成仏を目指すべきだと、架橋くんは考えていたんだよね」

『はい。でも、その難しさも理解しています。僕を成仏させるために動き続ける朱莉さんを、ずっと傍《そば》で見てきたので』

「考え直すべきだと、二人を説得したんじゃないの？」

『何度も貯水池で会って話を聞いて、他の解決策を提案しました。だけど、現世に縛りつけられる苦しみに耐え続けてきた菜穂ちゃんに、成仏を諦めろとは言えませんでした。僕は、朱莉さんと過ごす時間に、幸せを感じています。でも、多くの死者は、居場所を見出せない現世から、解放されたいと願っているはずです』

「犯人の命を奪う結果を伴ったとしても？」

『認めないけど、邪魔もしない――。桐崎さんと話し合って、そう決めました』

古河祐也の殺害が、若月菜穂の救済に直結していた。再捜査が行われるまで待ってほしい。綺麗事なら何とでも言える。だが、結果を約束することはできなかった。

「桐崎さんと若月さんの間に、生前の繋がりはなかったんだよね」

『そうだと思います。罪を憎んで人を憎まず。そんな言葉がありますけど、桐崎さんは罪を犯した人も、等しく憎んでいました。司法が罰を与えないなら、被害者が復讐するしかない。菜穂ちゃんも、桐崎さんのことは信頼していたと思います』

「復讐……、か」

『僕も、共犯者です』

犯行計画の概要を把握していた。その一点だけで共犯関係が成立することはない。

しかし、架橋は廃ビルに足を運び、若月菜穂を事件現場から遠ざけている。その時点で、古河祐也はまだ息をしていたという……。逃走の幇助《ほうじょ》、そして、被害者が死亡するまで現場に残っていた事実。

桐崎が、そこまで見越して架橋を現場に連れていったのだとしたら――。

「死者の共犯について判断した前例は存在しない」

『そうでしょうね。重要なのは、神様がどう判断するかです』

死者の架橋が、共犯者として起訴されることはあり得ない。若月菜穂は、古河祐也が死亡したことで成仏した……。これらの事実は、何を意味しているか。

「成仏のルールは、死者の共犯者にも適用されると思う？」

『わかりません。それこそ、前例が存在しないので』

「もしも適用されるとすれば、架橋くんが現世に留まる限り――、古河祐也は成仏できないのかもしれない」

『やっぱり、そうなりそうですよね』

共犯者全員が罰を受けない限り、被害者は成仏できない。

若月菜穂の一件で、二つ目の成仏の条件が明らかになった。同じ条件を古河祐也の成仏に当てはめれば、この結論に行き着く。

「深夜に相談するべきだよ」

『きっと、見抜かれてるでしょうしね。居心地が良かったんですけど、自分だけの問題ではなくなっちゃいました。ちゃんと成仏しなきゃダメですね』

「桐崎さんは、現状維持を望んでいるんだろうけど」

自身が有罪判決を宣告されたり、何者かに命を奪われても、架橋が現世に留まる限りは、祐也を廃ビルに縛りつけることができる。

桐崎は、どこまで計算して動いていたのだろう。

『そもそも、桐崎さんを起訴できなければ、絵に描いた成仏ですよ』

「どこに向かってるか、気がついてる？」

『廃ビルですよね』

「そう。これから現場検証を行うんだ。事件直後に一度実施しているんだけど、そのときは窓からゴムホースで排気ガスを流し込んだだけだった」

『それであってるんじゃ？』架橋は首を傾《かし》げた。

「今日は、ゴムホースと排気口の間にエアブースタを取り付けて、排気ガスを流し込む」

『なんですか、それ』

「ピストンの往復運動によって、上昇した圧力の気体を供給する機械……。要するに、増圧した一酸化炭素を供給することで、室内の気圧を上昇させる。室内外の気圧差によって空気の流れが生まれて、室内から通路側に向かってドアが押される」

僕の意図を察した様子で、『ドアは内開きだから……』と架橋は呟いた。

「きちんと増圧できれば、開きにくくなると思う。ただ、今日準備したのは一般に流通しているエアブースタだ。完全にドアを閉ざすにはパワーが足りない。可能性を見出して、警察が本格的に実験を始める。そこまで持っていければ万々歳」

真夜中に現場検証を実施することにしたのは、当時の状況を可能な限り再現するためだ。

『真相は……、違いますよね』

「ドアが開かなかった。過程が異なるだけで結論は一緒だよ。103号室に入室しなくても、古河祐也を監禁することは可能だった。その事実を明らかにできれば、事件性があることを前提に捜査が進む。桐崎さんが関与した証拠が見つかるかもしれない」

『印藤さんが提案したんですか？』

「うん。蓋を開けてみないとわからないけど、この実証実験は途中で行き詰まる可能性が高い。ドアがびくともしないくらいの気圧差を作り出すと、司法解剖や実況見分の結果との間に齟齬《そご》が生じかねないから」

『実際は、気圧差なんてなかったわけですもんね』

「そのときは協力してほしい」

『えっ？』

「客観的な状況と矛盾しないぎりぎりの気圧差を見極めたら、もう一度現場検証を実施する。そのとき、架橋くんも現場に来てほしい」

何度か瞬きをしてから、『ドアを塞げってことですよね』と架橋は言った。

「その様子を動画で撮影すれば、証拠になる」

死者の姿が、カメラに映ることはない。

『証拠の偽造にならないんですか』

「でも、それが真相だ」

死者を利用して、罪を犯した生者に罰を与える——。そう宣言した桐崎を止められるのは、僕と深夜しかいない。

死者の理を、司法の世界に持ち込むことはできない。

ならば、生者の論理を無理矢理にでも当てはめるのが、残された唯一の勝ち筋だ。

『祐也くんに任せればいいんじゃないですか？』

廃ビルに縛りつけられている祐也にドアを塞がせる。確かに、本来であれば被害者本人に担わせるべき役割だ。

「深夜の事務所にも来てないみたいだし、真夜中もどこかに隠れている。現実から目を背けているんだと思う」

『どうにかなると楽観視しているのかもしれませんね。まだ二週間くらいしか経っていないので、辛《つら》くなるのはこれからです。まともに人が出歩いていない夜道、自分だけが取り残されているような孤独。何より、祐也くんが縛りつけられているのは、菜穂ちゃんが転落した廃ビルです。罪と向き合うことが、否応《いやおう》なしに強《し》いられます』

「彼のしたことは決して赦されない。それでも……、現世からは解放するべきだ」

夜明け前の空に、星が淡く光っている。

街はまだ眠りから覚めていない。

『僕が招いたことでもあるので、協力させてください』

「桐崎さんを起訴して、架橋くんも成仏させる」

『目標ですか?』

「それでようやく、この事件は決着がつく」

『長い道のりですね』

「彼岸への道は、ちゃんと続いている」

『僕も、そう信じています』

あと一時間ほどで日の出の時刻を迎える。太陽が上れば、死者は身動きが取れなくなる。死亡した場所に縛りつけられ、真夜中が訪れるのを待つしかない。

「今日は、日の出まで一緒にいてもいいかな」

『ただ消えるだけですよ』

「見届けたいんだ」

日の光から隔絶された死後の時間の中で、成仏だけが唯一の希望となる。

彼岸への道を絶ってはならない。

夜明けは、まだ遠い。

本書は小説現代二〇二三年十一月号に掲載された作品に
改稿を加え単行本化したものです。

真夜中法律事務所《まよなかほうりつじむしょ》

五十嵐律人（いがらし・りつと）
1990年岩手県生まれ。東北大学法学部卒業、同大学法科大学院修了。弁護士（ベリーベスト法律事務所、第一東京弁護士会）。『法廷遊戯』で第62回メフィスト賞を受賞し、デビュー。他の著書に、『不可逆少年』『原因において自由な物語』『六法推理』『幻告』『魔女の原罪』がある。

2023年11月13日　第1刷発行

著者　五十嵐律人《いがらしりつと》
発行者　髙橋明男
発行所　株式会社講談社
〒112-8001　東京都文京区音羽2-12-21
電話　［出版］03-5395-3506
［販売］03-5395-5817
［業務］03-5395-3615
本文データ制作　講談社デジタル製作
印刷所　株式会社KPSプロダクツ
製本所　株式会社国宝社
装丁　小口翔平＋嵩あかり＋畑中茜（tobufune）
装画　中島梨絵

KODANSHA

N.D.C.913 262p 19cm
ISBN 978-4-06-533718-9